이혜선의
시가 있는 저녁

이혜선의

시가 있는 저녁

지혜

책머리에

시는 독자의 마음속에 부활하고 또 부활하여 새롭게 태어난다. 시인은 그의 시를 통해 부활하고 또 부활하여 영생을 누린다.

좋은 시를 읽으면서 혼자만 느끼고 즐기기에는 너무 송구한 생각이 들어서 많은 독자에게 소개하고 싶었다.

《세계일보》에 매주 "이혜선의 한 주의 시"로 독자들에게 찾아갔던 시와 또 다른 신문에 연재했던 원고를 한데 묶어 독자 앞에 드린다. 일부는 전자책으로 출간된 『이혜선의 명시 산책』에서 뽑아 실었다.

이 시들을 읽으며 필자가 그랬던 것처럼, 더 많은 독자들이 함께 꿈꾸게 되기를, 함께 감동하게 되기를, 변화 없고 남루하다고 생각되는 현실을 위무받게 되기를, 그리하여 스스로를 얽어매는 허공감옥에서 벗어나서 언제까지나 희망과 이상을 잃지 않는 나비로 날아오르기를 감히 염원해본다.

2019년 봄볕 찬란한 날

이 혜 선

차례

2부

3부

4부

1부

● ● ●

임동윤

마른 우물

주렁주렁 온몸에 링거줄을 매달고
가랑가랑 숨결 잦아드는 마른 우물 하나 누워 있다
수없이 퍼내어도 늘 찰랑찰랑 만수위를 이루었던 몸
두레박만 내리면 언제나 뼈와 살과 단단한 생각들을
넘치게 담아내셨던 우물, 우리 육남매가 퍼마셨으나
하룻밤만 지나면 다시 그 우물은
출렁출렁 일정한 만수위를 유지하곤 했었다
그러던 몸이, 어느 날 문득 폐답이 되어 있었다
조금씩 잦아들면서 드러나는 밑바닥
넘쳐나던 물은 어디로 빠져나갔는지 나뭇잎만 쌓이고
검버섯 핀 벽엔 하루살이 모기떼만 알을 까고 새끼를 쳤다
별빛 달빛 찰랑거리는 여름도 가고
이젠 황갈색 버들잎만 툭툭 떨어져 내린다
찢긴 걸레조각과 과자봉지만 둥둥 떠다니는 그 속,
찰랑대던 몸 대신 꼬로록 잦아드는 물소리
링거액 떨어지는 소리만 병실의 고요를 흔들고 있다
이젠 퍼 올릴 수 없는 마른 우물 하나
온 몸에 링거 가득 매달고 가랑가랑 누워 있다

생명의 젖 주던 어머니 이젠 "마른 우물" 되어…

추수를 해버린 텅 빈 들녘, 곡식 그루터기만 남아 누워 있는 논밭 앞에 서면, 자식들에게 젖을 다 빨리고 말라버린 어머니의 쭈그러진 젖가슴이 떠오른다. 평생 마르지 않는 젖줄을 퍼 올려 뭇 생명을 키워내고 이제는 기운이 다 진해져 말라버린 마른 우물 앞에 서 있는 것 같다. 험한 세상살이 찬바람 이겨내느라 불어터진 입술로 마른 침 삼키며, 잃어버린 용기를 다시 얻으려 그 우물 앞에 와서 아직도 마른 두레박을 내려보는 다 큰 어린아이 내 모습이 참 한심하게 비친다.

수없이 퍼내어도 늘 찰랑찰랑 만수위를 이루었던 몸인데, 언제까지나 그 우물에서 목을 축이며 생명을 유지하고 용기를 얻고 두 팔 휘두르며 뽐내며 세상 속으로 다시 나갈 수 있으리라 한 번도 의심해보지 않았었는데… 어머니는 어느새 온 몸에 저승꽃이 피고 숨결 가랑가랑 잦아드는, 황갈색 버들잎만 툭툭 떨어져 내리는 폐답이 되어 누워있다. 뒤늦게 정신 차린 자식들 모여 앙상한 어머니 온몸에 주렁주렁 링거줄을 매달아 연명을 기도해보지만 그 또한 얼마나 유지할 수 있을 것인지, 오히려 고통만 드리는 건 아닌지…

그래도 어머니는 내년 봄이 되면 메마른 가슴에 다시 새싹을 틔우고 새 생명을 키워내기 위해 봄비에 젖는 새 땅이 되고 새 우물이 될 것이다. 이 세상 모든 생명이 입술을 대고 그 젖을 빨아먹고 자라는 영원한 우리의 대지, 위대한 우리의 어머니이니까.

• • •

최금녀

바람에게 밥 사주고 싶다

나무들아, 얼마나 고생이 많았느냐
잠시도 너희들 잊지 않았다

강물들아, 울지 마라
우리가 한 몸이 되는
좋은 시절이 오고 말 것이다

바람아, 우리 언제 모여
밥 먹으러 가자
이 세상에서 제일 맛있는 밥
한솥밥
우리들 함께 먹는 밥
먹으러 가자

압록강아,
그날까지
뒤돌아보지 말고
흘러 흘러만 가다오.

한 솥밥 먹고 한 식구 되는 그날까지…

화자는 지금 압록강 변에 서 있다. 그러나 화자는 지금 태어나서 자란 북녘 땅 함경남도 영흥에도 있고, 부산 영도섬 선창가에서 도나스를 팔던 열한 살 피난민 소녀가장으로 서 있고, 참혹한 전쟁의 한가운데를 온몸으로 헤쳐 나와 어엿한 성인이 되어 활달하게 오가던 서울 거리에도 서 있다. 그렇지만 화자는 두 동강 난 조국에서 지금까지도 눈앞을 가로막는 저 강을 건너지 못하고 "가슴애피"로 서 있다.

반동강이 난 남쪽의 조국에서 북녘 땅으로 바로 가지 못하고 바다로 하늘로 둘러 둘러서 도착한 남의 땅에 서서 강 건너 그리운 고향을 바라보는 화자의 의식 속에는 과거 현재 미래가, 겨레의 아픈 역사가 치유되지 않은 상처로 소용돌이치며 강물되어 울고 있다. 그래서 더 더욱 화자에게는 저 강 건너에 있는 나무들이 강물들이 바람들이, 삼라만상 모두가, 내가 만나야 할 고향이며 가족이며 친지이며 분신으로 느껴져 살갑게 다가온다.

그래서 화자는 시간과 공간과 자연과 인간과 자아와 타자의 구별을 초월하고 바로 한 몸이 되는 지극한 만남을 통해 그동안 앓아온 이별과 망향의 상처를 치유하고 "한솥밥" 먹기를 희원한다. “한솥밥”을 먹는다는 것은 식구食口가 되는 것이다. “세상에서 가장 맛있는 밥”은 한 식구가 되어 한솥밥을 함께 먹는 것이다. “뒤돌아”보는 과거에 얽매이지 않고, 우리겨레 모두가 한 마음으로, 앞으로의 희망을 위해서만 흘러간다면 반드시 “한 몸” 되는 날이 오고 말 것이다. 비단 북녘에 고향을 둔 실향민뿐만 아니라 우리 겨레 누구나 압록강변에서 북녘 땅을 바라볼 때 느끼는 보편적인 정서를 노래하고 있어 가슴 쓰리고 아픈 공감을 느끼게 한다.

• • •

로버트 프로스트 Robert Frost

눈 내리는 저녁 숲가에 서서

이곳이 누구의 숲인지 알 것 같다
그의 집은 마을에 있어
눈 덮인 그의 숲을 보느라
내가 여기 멈춰서 있는 것을 그는 모르리라

내 작은 말은 이상하게 여기리라
일년 중 가장 어두운 저녁
숲과 얼어붙은 호수사이에
농가 하나 없는 곳에 이렇게 멈춰 서 있는 것을

말은 방울을 흔들어 본다
무슨 잘못이라도 있느냐는 듯
방울소리 외에는 스쳐가는 바람소리와
솜처럼 내리는 눈의 사각거리는 소리뿐

숲은 어둡고 깊고 아름답다
그러나 내게는 지켜야 할 약속이 있다
잠들기 전에 가야 할 먼 길이 있다
잠들기 전에 가야 할 먼 길이 있다

축복처럼 오는 새해 새날에

새해가 시작되는 새날이다.

늘 오고 가는 시간이고 계절이지만, 시간은 그대로 있고 사람만이 변해가는 것이지만, 그래도 새해는 늘 새롭고 기대에 차고 우리를 설레게 한다.

올해에는, 올해에는 꼭, 그동안 미뤄놓고 하지 못한 그 일을 완성해야 한다. 자신의 가능성을 믿고 더욱 열심히 노력하여 이뤄내야 할 일들이 손에 꼽힌다. 그래서 새해 벽두에는 누구나 한 해를 계획하고 그것을 지켜내기 위해 자신과 굳은 약속을 한다. 해마다 되풀이되는 일일지라도 연초에 계획을 세워서 착실히 실천하기 위해 노력하는 사람과 그렇지 못한 사람은 한 해의 마지막에 가서, 또는 한 생生을 마감할 때 가서 확연히 구별되는 삶이 되리라.

새해의 계획을 위해서, 혹은 한 생의 계획을 위해서는 고요히 물러서서 자신과 대화할 시간이 필요하다. 어딘가 어둑하면서도 그윽한, 눈 덮인 숲 속에라도 들어가, 단 둘이 대면하지 못한 자신의 참 모습을 마주하고 마음 깊은 곳에서 울려나오는 소리에 귀를 기울여야 한다. 그동안 세속 일에 쫓겨서, 황금만능주의에 물들어 있는 남들을 따라가느라고, 혹은 남들 눈에 들기 위해서, 자신의 가치관은 저만치 밀어둔 채로, 자신이 하고 싶은 일은 돌아보지 못한 채로 얼마나 동동거리며 하루하루를 살아내었던가?

어둡고 깊숙하고 아늑한 숲의 품에 안겨서 그만 잠들어버리고 싶은 유혹은 또 얼마나 많았던가?

그렇지만 우리에겐 잠들기 전에, 물러앉아 쉬기 전에 가야할 먼 길이 있다. 내가 꼭 가야만 하는 그 길, 내가 꼭 이뤄내야만 하는 그 일, 내가 꼭 해야만 하는 그 역할, 내가 꼭 지켜야 할 나의 삶과의 약속이 있다.

그 약속을 위해서 자신과 단둘이 마주서서 새롭게 점검하고 새롭게 출발하는 새해 새날이 축복처럼 지금 우리 앞에 있다.

● ● ●

헤르만 헤세 Herman Hesse

때때로

때때로 모든 것이 믿을 수 없는 것
서러운 것으로만 보입니다.
우리들이 약하게 지쳐 상심하고 있을 때에는
충격 하나하나는 비애가 되려 하고
모든 기쁨은 날개가 찢겨있습니다.
하여 우리들은 먼 곳으로 그립게 귀를 기울입니다.
거기에서 혹시 새로운 기쁨이나 올까 하고.
그러나 기쁨이나 운명은 언제나
우리들의 바깥에서 오는 것이 아닙니다.
겸손한 원정園丁인 우리들은 자신의 본질에 귀를 기울여야 합니다.
거기에서 꽃다운 얼굴로
새로운 기쁨이
새로운 힘이 자라나올 때까지.

나는 내 인생의 주인이며 우주의 주인

"수처작주隨處作主 -처해 있는 모든 곳에서 네가 주인이 되라." 중국 당나라의 선승인 임제선사의 어록인 임제록臨濟綠에 있는 말씀이다.

내 운명의 주인은 나이고 우주의 주인도 나이다.

그러나 우리는 너무나 약한 존재이기에 스스로 주인의식을 잃어버리고, 잊어버릴 때가 많다. 그래서 일에서나 사람에게서나 상처를 받았을 때, 계획했던 일이 잘 안 되어 실패했을 때, 사랑하는 이가 내 곁에서 떠나갔을 때, 우리는 누군가가 먼 곳에서 내게 다가와 손 내밀어 주기를 바라고, 아이 적에 무조건 엄마에게 기대듯이 누군가에게 의지하려 하는 약한 마음이 자기 안에 가득 차 있는 것을 어쩌지 못한다.

그러나 "나"라는 존재는 누군가가 일으켜 주기를 기다리고 누군가가 길을 가리켜 주어야 그 길을 가는 종이 아니라, 나 스스로 일어나고 나 스스로 길을 찾아서 가야 하는 내 인생의 주인이다. 내가 걸어가지 않고 내가 가꾸지 않고 내가 노력하지 않으면 나의 꽃밭에서 새로운 기쁨도 새로운 힘도 자라나지 않는다.

내 인생의 주인도 나이고, 내 운명의 주인도 나이다. 언제 어느 곳에서나, 기쁜 일에서나 슬픈 일에서나 괴로운 일에서나 내가 항상 주인의식을 가지고 스스로 해결해나가야 한다.

나 스스로 찾아야 하는 기쁨과 행복의 도화지가 끝없이 내 앞에 펼쳐져 있다. 그 넓은 도화지에 즐겨 나만의 그림을 그리자. 어렵고 힘든 때일수록 스스로 자신의 본질에 귀를 기울이고 깊은 속마음이 제시하는, 우주의 진리가 제시하는 그 길을 걸어가자.

• • •

유안진

용서받는 까닭

보이지 않아도
존재하는 것이 있고
들리지 않아도
소리 내는 것이 있다

땅바닥을 기는 쇠비름나물
매미를 꿈꾸는 땅 속 굼벵이
작은 웅뎅이도 우주로 알고 사는
물벼룩 장구벌레 소금쟁이 같은

그것들이 떠받치는
이 지구 이 세상을
하늘은 오늘도 용서하신다
사람 아닌 그들이 살고 있어서

더불어 함께 사는 삶

인간이라는 이름 아래 자연에게 동물에게 식물에게 지구에게 우주에게 알게 모르게 우리는 얼마나 많은 해악을 저지르고 있는가. 그러한 잘못들이 이제는 부메랑이 되어 환경오염, 지구 온난화 등 여러 가지 위기상황으로 돌아와 우리들의 생명을 위협하고 있다.

그러나 인간이라는 이름 아래, 문명이라는 이름 아래 행해지는 나날의 잘못을 하늘이 용서하고 스스로 자정작용自淨作用을 하도록 이끌어주는 것은, 보이지 않고 들리지 않아도 스스로 선한 의지로 살아가는 작은 생명체들이 있기 때문이리라.

더불어 함께 사는 삶을 위해, 인간만이 세상의 주인이라는 오만함에서 벗어나, 생명 가진 모든 존재들과 삶을 나누며 겸허하게 살아가는 자세를 배워야겠다. 그들 모두에게 우리는 날마다 빚지며 살고 있다.

• • •

정현종

모든 순간이 꽃봉오리인 것을

나는 가끔 후회한다
그 때 그 일이
노다지였을지도 모르는데…
그 때 그 사람이
그 때 그 물건이
노다지였을지도 모르는데…
더 열심히 파고들고
더 열심히 말을 걸고
더 열심히 귀 기울이고
더 열심히 사랑할 걸

반벙어리처럼
귀머거리처럼
보내지는 않았는가
우두커니처럼……
더 열심히 그 순간을
사랑할 것을
모든 순간이 다아

꽃봉오리인 것을
내 열심에 따라 피어날
꽃봉오리인 것을!

다시는 돌아오지 않을 "이 순간"

많은 사람들은 미래에 대한 기대로 오늘을 산다.

지금이 아닌 미래의 어떤 날을, 여기 아닌 저기를, 이것 아닌 저것을… 꿈꾸며 기다리며 기대하며, 정작 소중한 이 순간은 무심히 흘려보낸다. 지금 이 순간이, 지금 이곳이, 지금 이 사물들이, 지금 내 곁에 있는 이 사람이, 지금 나를 지탱해주고 있는 이 모든 것들이 얼마나 귀하고 소중하고 뜻 깊은지를 인식하지 못하고, 무심해서, 게을러서, 무지해서, 귀찮아서, 바쁘다는 이유로, 그밖에 헤아릴 수 없는 많은 이유로 두 번 다시 되돌릴 수 없는 곳으로 흘려보내면서 살아가고 있다.

보내고 나서 후회하면서, 다시는 그러지 말자 다짐해놓고, 또 다시 무심하게, 무지하게 보내버리고 마는 수많은 꽃봉오리들…

우리는 모두 지금 내 앞에 있는 "노다지"를 알아볼 줄 모르고 귀한 줄 모르는 "반벙어리"이고 "귀머거리"이고 "우두커니"이다. 먼 미래의 어느 날에 지금 이 순간을 돌아보며 또다시 후회하는 "우두커니"가 되지 않기 위하여 우리는 "더 열심히 파고들고/ 더 열심히 말을 걸고/ 더 열심히 귀 기울이고/ 더 열심히 사랑"해야 할 의무가 있다.

N. H. 클라인바움이 지은『죽은 시인의 사회』에서 키팅 선생도 학교를 떠나면서 학생들에게 "카르페 디엠"이라고 외쳤다.

지금 이 순간을 붙잡을 것! 이 순간의 모든 것이 나의 열심에 의해 피어날 꽃봉오리이다. 이 순간을 사랑하며 지금 이 순간에 충실하자! 매일 매일 자신에게 되뇌이며, 스쳐지나가는 모든 눈길에게, 꽃을 피우는 햇살에게 꽃잎 흔들고 가는 바람에게도 사랑의 인사를 건네야겠다.

• • •

서정춘

竹篇 · 1

— 여행

여기서부터, —멀다
칸칸마다 밤이 깊은
푸른 기차를 타고
대꽃이 피는 마을까지
백년이 걸린다

마침내 여름이 오리라

어디에 가 닿으려고 푸른 기차를 타고 우리는 떠나는 것일까. "대꽃이 피는 마을"은 아득히 그 존재조차 분명하지 않고 나날의 삶은 칸칸마다 밤이 깊은 어둠과 고통의 연속일 뿐인데…

그러나 삶이란, 예술가이려고 하는 것은, "계산하지 않고 세지 않는 것을 의미"한다고, "나무와 같이 성숙"한다고 일찍이 라이너 마리아 릴케가 말했듯이 참을성 있게 걸어가다 보면 마침내 여름이 오리라. 그대의 뜰에 푸른 나무가 자라고 향기로운 꽃이 피면 새는 노래하고 벌과 나비는 살아있음의 향연을 마음껏 즐기리니,

그때 우리는 대꽃 피는 마을에 가 닿아도 좋고 아니라도 상관없으리. 나날의 삶에서 우리는 이미 "대꽃이 피는 마을" 속에 살고 있으니까.

● ● ●

김선영

오오 생명아

꽃이 열매 한 알
낳았어요

별씨 만한 존재
세상으로 쏘옥
얼굴 내밀었죠

아득한 옛날
내가 우주의
마지막 별씨였을 때

하늘
땅
어머니 허락 받고서
우주의 자궁에서 탈출해 나와

세상 속으로
전신을 내어 던지며
해일처럼 크게
울던 때처럼.

눈부신 별씨 해일처럼 울어라

트리나 포올러스가 지은 책『꽃들에게 희망을』에는 나비가 되는 애벌레의 얘기가 있다. 배를 채우기 위해 먹이만 찾아다니는 애벌레인 채로는 서로 아무리 사랑해도 새 생명을 낳지 못한다. 죽음과도 같은 번데기의 터널-가사假死 상태를 지나서 눈부신 날개 달고 나비가 되어 날아올랐을 때, 나비는 새 생명을 낳을 수 있고, 나비가 존재하는 그 이유만으로도 꽃들에게는 희망이 된다. 아름답고 향기 있는 꽃이지만 그들이 열매를 맺어 새 생명을 낳으려면 나비와 벌이 있어야 하고, 따스한 햇살이, 살랑이는 바람이, 세상 모든 이들의 사랑의 눈길이 있어야 한다.

애초에 "별씨"만한 존재였던 나, 우주의 마지막 별씨였던 내가 우주의 자궁에서 탈출해 세상 속으로 전신을 내어 던지면, 세상에는 해일이 일어나고 이지러진 달은 만월이 되고 멈추었던 강물이 다시 흐르고, 입술 꼭 다물고 있던 벚꽃도 목련도 꽃잎을 벌린다.

순백의 버선발로 비취의 하늘을 뛰어다니는 저 무수한 봄꽃들이 모두 "하늘/ 땅/ 어머니"의 허락을 받아 사랑을 만나면 제각기 눈부신 생명을 낳으리라.

새 생명을 낳은 후 꽃잎은 시들고 이지러져 흔적 없이 스러져

간다 해도 아쉬워하거나 슬퍼할 것은 없다.

오늘도 팔을 뻗는 그리움 하나로, 먼 강을 건너오는 사랑 하나로 새로운 "별씨"를 만드는 우주의 자궁이 있으므로… 그리하여 우주의 자궁에는 또 다른 별씨가 자라나고, 따스한 햇살과 봄바람은 또 그들을 어루만져 새로운 생명, 새로운 해일을 일으킬 준비로 분주할 테니까.

혹독하던 추위가 가고 어느새 입춘이 지났다. 세상을 밝힐 눈부신 별씨들이 우주의 자궁에서 제각기 솟아나와 해일을 일으킬 시간을 설레며 기다린다.

• • •

피천득

꿈 · 1

숲 새로 흐르는 맑은 시내에
흰 돛 단 작은 배 접어서 띄고
당사실 닻줄을 풀잎에 매고
노래를 부르며 기다렸노라

버들잎 늘어진 푸른 강 위에
불어온 봄바람 뺨을 스칠 때
젊은 꿈 나루에 잠 들여 놓고
피리를 불면서 기다렸노라

평생토록 사위지 않는 꿈

“구름을 안으러 높이 날던 시절// 날개를 적시러 푸른 물결 때리던 시절”(「어린 시절」, 피천득), 그 꿈 많고 희망에 부풀던 시절, 안타깝게도 그리워지는 그 시절로 이 시는 단번에 우리들을 데려다 놓는다.

소중하게 보물창고에 간직하고 혼자만의 시간에 가끔씩 꺼내 보는 꿈 많던 젊은 날이 누군에겐들 없으랴. 그처럼 설레이며 꿈꾸던 날들의 아름답고 아쉬운 추억은 세상의 그 무엇과도 바꾸지 못할 것이다.

잡으려 해도 잡히지 않고, 그려보아도 막연하고 모호하기만 한, 형태조차 헤아릴 수 없는, 그래도 어딘가에서 꼭 와 줄 것만 같은, 실낱같은 바람의 흔들림에도 가슴 저리며 기다리던, 적막한 시간이면 더욱 가슴 아릿하게 하는 그런 젊은 날들이 있기에 우리는 나이 들어가면서도, 세속의 욕망에 물들어가고 타협해가는 자신을 추스르고 다독이며, 가슴에 꿈을 품고 순수했던 그 시절의 자기로 다시 돌이킬 힘을 얻으며 살아가는 것이리라.

교과서에 실려서 청소년 시절에 많은 감명을 준 수필 「인연」의 작가 피천득 선생이 90을 바라보는 노년에 펴낸 시집 『생명』에서, 평생을 사위지 않는 꿈을 품고 살아가는 삶의 자세를 새삼스레 배우며 아련한 그 시절을 다시금 떠올려본다.

• • •

허영자

슬픔

누구도 누구의 슬픔을
다 헤아릴 수 없습니다

한 슬픔 뒤에는
더 큰 슬픔이 숨어 있습니다

소리내어 우는 울음 뒤에는
소리죽여 우는 울음이 있습니다

한 샘에서 솟는 물

너는 내가 될 수 없고 나는 네가 될 수 없는 개체로서 살아가는 우리이지만, 그래도… 그러니까 더욱 내게는 네가, 네게는 내가 그리운 님이 되는 것이리.

대나무가 땅 위에서는 따로따로 솟아서 저마다 제 손, 제 몸 흔들고 있어도, 땅 속 잠깐만 들여다보면 한 뿌리로 연결되어 있어, 너와 나는 한 샘에서 솟아나와 흘러넘치는 물.

"소리내어 우는 울음 뒤에는/ 소리죽여 우는 울음이" 있다는, 저 그림자 깊은 굴헝 속까지 들여다 볼 수 있는 마음 밝은 눈이 있는 한 우리는 서로서로의 가슴을 따뜻이 헤아리고 품어 안으며 이 험한 세상 파도를 함께 헤쳐갈 수 있으리라.

● ● ●

복효근

별

저 등 하나 켜들고
그것을 지키기 위한 한 생애가
알탕갈탕 눈물겹다

무엇보다, 그리웁고 아름다운 그 무엇보다
사람의 집에 뜨는 그 별이 가장 고와서
어스름녘 산 아래 돋는 별 보아라

말하자면 하늘의 별은
사람들이 켜 든 지상의 별에 대한
한 응답인 것이다

아이들 잇몸에 새 이 솟아나듯

생떽쥐베리는 소설『인간의 대지』서문에서 인간사랑에 대해 쓰고 있다. 비행기를 타고 해가 저물 무렵 하늘에서 인간들이 사는 대지를 내려다보면, 여기저기서 불빛들이 반짝이기 시작하는데, 그 중 어느 곳에서는 한 생명이 탄생하고 있을 것이고, 어느 창 안에서는 지금 남녀가 사랑을 속삭이고 있을 것이며, 또 어느 불빛 아래서는 지금 막 한 생명이 마지막 숨을 몰아쉬고 있을 것이라고. 들판의 여기저기에서, 혹은 산기슭의 어떤 집에서 반짝반짝 피어나는 땅 위의 별들을, 그 속에 갖가지 사연을 지니고 살고 있는 인간들을 그리워하는 글을 남기고 있다.

이 땅 위에 살고 있는 모든 사람들은 저마다 자기의 "별" 하나 켜들고 스스로 그 약속을 지키고 이루어내기 위해 평생토록 "알탕갈탕" 눈물겹게 살아가는 것이리라.

"어스름녘 산 아래" 반짝 켜지는 사람의 등불이 너무나 맑고 아름다워서 그 응답으로 하늘에는 무수한 별이 뜨고, 또 하늘의 별에 대한 보답으로 사람의 마을에는 오늘도 새로운 별이 반짝반짝 더 많이 더 밝게, 아이들 잇몸에 새 이가 솟듯이 돋아나고 있다.

• • •

헬레나 노르베리 호지

라다크 사람들의 기도

내가 타고 짐을 싣는 짐승들
나를 위해 죽임을 당한 짐승들
내가 먹을 고기를 주는 짐승들
그들이 빨리 부처가 되기를.
—『오래된 미래』에서

진정한 미래는 오랜 옛 지혜 속에

카슈미르의 히말라야 지역을 넘어 이 천 피트에 이르는 높은 봉우리들과 넓은 불모의 계곡으로 이루어진 라다크, "리틀 티벳"이라고 불리는 곳에서 짐승을 죽이기 전에 올리는 기도이다.

언어학자이며 작가이자 사회운동가인 헬레나 노르베리 호지는『오래된 미래』라는 책에서 이처럼 라다크 사람들의 삶의 방식에 대해 마음 깊이 찬사를 보내고 있다. 혹독한 기후와 척박한 환경 속에서도 그들은 자연환경의 제약을 의연하게 받아들이며 검소한 생활태도와 강한 자립심으로 서로서로를 배려하고 존중하며 오랜 세월동안 행복하고 만족스럽게 살아오고 있다.

최근 수 세기동안 라다크 사회에도 급격한 변화가 일어나고 있지만, 저자는 그들이 수천 년 동안 지켜왔던 가치에 깊은 찬사를 보내면서 "진정한 미래는 오랜 옛 지혜 속에 있다."는 결론을 내리고 있다.

라다크 사람들은 살생을 해야 한다면 더 많은 사람들이 먹을 수 있도록 큰 짐승을 택하는 편이 낫다고 생각하고, 생선을 먹는 일이 없다고 한다. 그들은 동물 죽이는 것을 가볍게 생각하지 않고 마음 모아 기도 드리며 신에게 용서를 구하고 난 다음에야 동물을 죽인다고 한다.

"나"를 위해 다른 모든 것은 희생되어도 좋다는, 짐승은 물론 사람의 생명까지도 가볍게 여기는 현대인들이 "오래된 미래"의 기도를 마음 깊이 새겨야 하지 않을까.

• • •

박제천

해외남경

희디흰 양의 친구인 나는
오늘 너의 이름을 인디언식으로 작명한다
너는 원래 잠자는 푸른 하늘이지만
오늘부터 너는 지혜로운 하늘의 정령이다.

나는 오늘 해외남경을 유람했다
날개가 달린 자를 보면 문득 너에게 날아가고 싶고
가슴에 구멍이 뻥 뚫린 자를 보면서
그렇게 내 가슴을 비워놓은 너를 생각했다
물고기로 태어난 자를 보고는
아, 그렇구나, 요즈음 왜 이리 머리가 나쁠까
단숨에 너를 물고기로 바꾸어 내 연못 속에 넣었다

나는 오늘 공기로 너와 말을 주고받는다
말하지 않아도 숨결을 타는 너와 나의 말
나는 오늘 너와 바람의 사랑을 한다
떠다니는 물옥잠에서 네 머리칼을 골라내고
수국의 푸른 이내 속에서 네 웃음을 찾아낸다

1월은 이렇듯 마음 깊은 곳에 머무는 달이다
마음 깊은 곳으로 내려가 거기 숨겨둔 달빛을 밝히고
짝사랑을 노래하는 달이다.

우리 함께 꾸는 꿈

시인은 꿈꾸는 사람이다. 현실에서 실현하기 힘든 것을 언어로 꿈을 꾸며 이루어내는, 불가능을 가능태로 보여주는 언어의 조물주이다. 독자들은 시인이 꿈꾸는 대로, 시인이 이끄는 대로 따라가며 함께 꿈을 꾼다. 그러므로 시를 좋아하는, 시의 독자에게도 불가능이 없다. 그래서 우리는 오늘 모두 "지혜로운 하늘의 정령"이 되어 마음 깊은 곳으로 내려가 함께 꿈을 꾸고 이루지 못한 짝사랑도 불러내어 노래해본다.

"해외남경"은『산해경山海經』제6에 나오는 신화이야기이다.『산해경』은 기원전 3~4세기경에 씌어진 중국의 대표적인 신화집이다. 중국뿐만 아니라 한국 · 일본 · 베트남 · 티벳 · 몽골 등 동아시아 전역의 고대 문화와 깊은 관련이 있다고 한다.

우리도 그 "해외남경"을 유람하면서, 날개를 달고 그립고도 그리운 너에게로 날아가자.

내 가슴을 텅! 비워놓은 너를 만나서 행복한 투정이라도 부려보자. 너와 나를 가로막는 거리가 안타까우니 너는 물고기가 되어 나의 연못에서 살아다오. 그러면 너와 나는 공기로 말을 주고받으며 바람의 사랑을 할 수 있으리라. 떠다니는 물옥잠에서 하늘거리는 바람의 손길을 느끼고, 수국의 푸른 이내 속에서 너와 손잡고 웃으며 날아보리라. 마음 깊은 곳에 고요히 머물러 거기 숨겨둔 달빛도 별빛도 찾아내어 함께 꿈꿀 수 있는 일년의 출발점 1월이니까. 내 속의 나, "너"를 제대로 만나서 꿈꾼다면, 혹시 아는가? 금년에는 백두산을 옮길 수도 있고, 바위를 갈아서 바늘을 만들 수도 있을는지?

●●●

김종제

연잎밥

머릿수건 단정히 두른
산골 어느 아낙이
일 나간 사내와 어린 자식을 위해
무쇠솥에 밥을 하고 있다
너른 마당 커다란 옹기 안에 기른
연잎을 툭툭 따서
흐뭇한 밥상을 차리고 있다
찹쌀에, 연자에, 밤과 대추를 넣은 후에
소금물을 흩뿌리고 뒤적여 고루 익힌 밥을
씻어놓은 연잎에 싸서
실로 묶고 다시 쪄낸 밥이 극락이다
밥짓는 일이란 선禪이다
밥먹는 일이란 도道다
손으로 빚어낸 한 접시의 밥이 경전이고 법어다
가지런히 놓인 몇 개의 사리
그 사이로 길이 보이고
누군가 명상을 하고 있다
젓가락으로 밥 한 덩어리 집어

입 안으로 슬그머니 감추어 놓으면
묶여있던 화두가 풀어지고
안거의 문 열리는 해제다
손과 입을 몇 번 놀리노라면
깨끗하게 비워진 저 연잎밥그릇
텅 비웠으니, 내가 가득찬 것이다
마음까지 치유하는 저 밥에
이렇게 뼈를 세우고 걸어가는 것이다.

밥 앞에 옷깃을 여미고

오만의 극치를 달리던 젊은 날엔 정신만으로 살아가는 줄 알았다.

모든 것을 형식과 내용으로 이분화하여 내용만이 지선至善이고 형식은 껍질일 뿐이라고 무시하고 짐짓 모른 체 했다. 내면을 충실하게 살찌우지 않고 겉모양만 꾸민다고 경멸하는 마음까지 가졌다.

그러나 사람이 곧 몸이라는 걸, 몸이 없으면 생명도 없고 정신이 담길 그릇이 없어진다는 걸 깨달은 것이 너무 늦었지만 어쩌랴.

생명을 살리는 밥, "뼈를 세우고 걸어가는" 몸을 살게 하고 그 안에 담긴 마음 속에 꽁꽁 묶인 화두가 풀어지게 하는 "한 접시의 밥" 앞에서 한없이 경건하게 옷깃을 여밀 일이다.

밥그릇이 텅 비어갈수록 오히려 우리를 가득 차게 만드는, 일상의 "밥 짓는 일"을 선禪으로, "밥 먹는 일"을 도道로 읽어내는 눈이 있으니 한 그릇의 밥 앞에서 우리는 날마다 극락을 사는 것이다.

• • •

안영희

이면

맛 모조리 빨린 후
그 물고기는 건져 버려지고
식탁을 일어서며 말한다
사람들은
칼국수 맛이 참 좋군!
맛을 낸 것은 정작 퉁퉁 분 그 몸뚱어리인데도
멸치는 없다 그 어디에도 그는 없다 그 어디에도
보이는 것은 겉장뿐이고
표지는 여하튼 빛나야 하니까
혼신 너덜거리도록 쓰고, 존재 몽당 묵墨 되도록
생을 갈아도
가짜라도 반짝대는 장식 한낱 갖지 못한
이승에서의 그의 용도는 멸치국물
이 세상 부동의 이면

멸치국물 같은 사람들이 있기에 살만한 세상

멸치다시물을 내 본 사람이면 알 것이다. 멸치와 다시마가 제 몸을 다 바쳐서 맛있는 국물과 영양분 한 방울까지 다 내주고, 온 몸 구석구석까지 다 불려서 짜주고 저는 건져져서 쓰레기통에 버려지는 것을. 그리고는 그의 존재조차 바로 잊혀지고 마는 것을. 그의 몸이 없어진 뒤 그가 맛을 낸 음식은 그것이 칼국수든 잔치국수든 국이든 떡국이든 저 혼자 맛있는 것이 되어 혼자 칭찬 받고 혼자 사람들 입에 오르내린다.

사람들은 모두 보이는 겉모습에 취해서 허상을 좇아 우르르 몰려다니기에 바쁘다. 빛나는 표지, 반짝이는 장식품, 과장된 포장지만 보고 그것의 뒷면이나 내면은 헤아려볼 생각조차 않은 채, 남들이 따라가면 우르르 뒤쫓아 다니느라 가장 소중한 자기 존재조차 잊어버린다. 남들이 가진 것 나도 다 가져야 하고 남들이 입은 옷 나도 다 입어야 하고 심지어 남들이 성형수술하면 나도 그것을 따라 해서 개성이라곤 찾아볼 수 없는 꼭 같은 성형미인이 되어야 안심하는 세상이 되어버렸다.

이런 부박한 세상에서 "혼신 너덜거리도록 쓰고, 존재 몽당묵墨 되도록/ 생을 갈"고 사는 멸치국물 같은 삶의 이면을 들여다보고 거기 귀한 가치를 부여해주는 눈 밝고 마음 깊은 사람이 있기나 한 것일까. 그래도 보이지 않는 곳에서 자기 몸을 다 바치고 버려져도 생색 내지 않는 희생적이고 심지 깊은 사람들이 이 세상을 밑바닥부터 들어 올리고 있기에 우리 사는 세상은 아직도 살만한 세상이라고 말할 수 있으리라.

• • •
최 원

한 마디

남녀가 서로 나누는 달달한 한마디는 살랑이며 지나는 바람 같은 것, 더 보태어 어쩌구저쩌구 띄우는 수작은 뭉게뭉게 떠오르는 구름 같은 것, 이런 추파에 넘어지는 여인의 뒷이야기는 그래도 잠시 지나가는 웃음 같은 것

정색만 하고 살아도 모자랐던 지난 세상살이
이해利害 없이 무심히 나눈 곁말 한마디, 싱겁고 무료해서 인사말처럼 건넨 농 한마디, 시시덕거리며 히죽대던 그 입놀림에 혹여 상처 입었던 사람은 없었을까

말의 다리 위에서 사람을 기다린다
웃어 보려고 던진 말, 대화 잇기에 바빠서 함부로 내뱉은 말, 미처 살피지 못하고 참견한 말, 하고 싶은 말을 숨기며 에두르고 에두르다 실수가 되어버린 가싯말, 제발 그 말 속에 남의 가슴을 후비는 비수가 숨어있지 않았으면 좋겠다

햇살 같은 "말의 꽃"을 피우며

한 마디 말 속에는 기쁨과 슬픔, 행복과 불행, 미움과 분노, 사랑과 희망과 위로가 다 들어 있다. 우리는 매일매일 곁에 있는 사람에게, 혹은 처음 만난 타인에게 한 마디 말을 건네며 삶을 영위해 나간다. 사랑하기 위하여 혹은 생활을 위하여, 혹은 그저 한 번 웃어보려고, 때로는 삶이 너무 싱겁고 무료해서 "시시덕거리며 히죽대는" 입놀림도 하며 살아간다. 나의 한 마디 말로 누군가의 가슴에 봄꽃이 피어나고, 어떤 이의 가슴에는 대못이 박히고, 때로는 천둥 번개가 일기도 하고 알찬 알곡 거두는 가을을 맞기도 한다.

꼭 해야 하는 한 마디 말을 못하고 가슴 속에 꼭꼭 숨겨두었다가, 에두르고 에두르다가 생애의 가장 큰 사랑과 기회를 놓치는 어리석음을 저지르고 지나간 뒤에 후회하는 일은 또 얼마나 많았던가.

우리는 날마다 "말의 다리 위에서 사람을 기다린다"

한 마디 말,

겨울의 흰 눈처럼 순결한 말,

한 마디 말의 가시에 심장을 찔려서 아파하는 사람이 없도록 오로지 순결한 말로 나의 삶과 타인의 삶에 환한 꽃의 다리를 놓아야겠다.

내가 지금까지 먹어온 음식과, 내가 받은 사랑과, 내가 읽은 책들과, 내가 걸어온 길 위에서의 체험을 모두 양식으로 하여 한 마디 햇살 같은 말의 꽃을 피우며 살아야겠다.

• • •

김연대

대근 엽채 일급

이순 지나 고향으로 돌아온 사촌 아우가
버려두었던 옛집을 털고 중수하는데,
육십 년 전 백부님이 쓰신 부조기가 나왔다.
이태 간격으로
조모님과 조부님이 돌아가셨을 때의 일이다.
추강댁 죽 한 동이, 지례 큰집 양동댁 보리 한 말,
자암댁 무 열 개, 포현댁 간장 한 그릇,
손달댁 홍시 여섯 개,
대강 이렇게 이어져가고 있었는데,
거동댁 大根葉菜一級이 나왔다.
대근엽채일급을 유심히 들여다보다가
나는 그만 핑 눈물이 났다.
보지 않아도 눈에 선한
내 아버지, 할아버지와
이웃들 모두의 처절한 삶의 흔적,
그건 거동댁에서
무 시래기 한 타래를 보내왔다는게 아닌가.

“나”만 아는 시대… 조상의 두레정신 찾아서

낯설고 이해가 안 가는 어디 먼 나라의 이야기, 아득한 원시시대의 이야기가 아니다. 바로 우리 조부모와 부모님 세대가 겪었던 가난과, 그 가난 속에서도 서로 힘닿는 대로 돕고 살아왔던 겨우 육십 년 전의 따뜻한 삶의 기록이다.

어느 남향받이 산기슭에 옹기종기 모여 사는 작은 마을의, 담장도 사립문도 없이 서로 넘나들며, 이웃집 굴뚝에 연기가 나는지, 구들목은 따뜻한지, 모든 것을 서로 보살피고 보듬고 나누며 살아왔던 우리 조상들의 살림살이가 보인다. 이웃 중의 누군가가 큰일을 당하면 온 동네 사람들이 다투어 “간장 한 그릇”으로, 혹은 “홍시 여섯 개”로, “무시래기 한 타래”로, 어떤 집은 그것도 없어서 온 가족이 몰려가서 두 손 걷어 부치고 울력으로 도와주면서 하나 되는 마음으로 큰일도 너끈히 치러내었다. 이웃의 도움을 받은 사람은 그것을 상세히 기록하여 그 온정을 오래오래 기억하고, 자신의 도움이 필요할 때 손을 내밀어 도와주는 소중한 전통, 두레정신을 우리 조상들은 오랜 세월동안 지니고 살아왔다.

그런데 지금 우리는 모든 것이 넘쳐나는 풍요로운 시대에 살면서 이웃집에 누군가가 밥을 굶고 있는지, 홀로 외로이 죽어가고 있지나 않는지 전혀 관심도 없는 채로 오로지 "나"만을 위해 살고 있다.

풍요 속에 태어나 자란 젊은이들 중 일부는, 우리나라가 처음부터 잘 살았던 것처럼 느끼면서 결핍을 모르는 채로, 자신만 생각하는 이기주의자가 되어가고 있다. 그래서 세대 간의 소통이 안 되고 갈등이 심화되어가고 있다. 부모세대가 생활 속의 교육을 통해서 자녀에게 자연스럽게 알려주고 균형 잡힌 역사 교육을 시켜야 하지 않을까.

• • •

사무엘 울만 Samuel Ullman

청춘

청춘이란 인생의 어떤 기간이 아니라
마음가짐을 말한다
장미의 용모, 붉은 입술, 나긋나긋한 손발이 아니라
강인한 의지, 풍부한 상상력,
불타오르는 정열을 가리킨다
청춘이란 인생의 깊은 샘의 청신함을 말한다

청춘이란 두려움을 물리치는 용기,
안이한 마음을 뿌리치는 모험심을 의미한다
때로는 20세 청년보다도
70세 노인에게 청춘이 있다
나이를 더해가는 것만으로 사람은 늙지 않는다
이상을 잃어버릴 때 비로소 늙는다
세월은 피부에 주름살을 늘려가지만
열정을 잃으면 마음이 시든다
고뇌, 공포, 실망에 의해서 기력은 땅을 기고
정신은 먼지가 된다

70세든 16세든 인간의 가슴에는
경이에 이끌리는 마음,
어린애와 같은 미지에 대한 탐구심,
인생에 대한 흥미와 환희가 있다
그대에게도 나에게도 마음의 눈에 보이지 않는
우체국이 있다
인간과 하나님으로부터 아름다움, 희망, 기쁨, 용기,
힘의 영감을 받는 한 그대는 젊다

영감이 끊기고, 정신이 아이러니의 눈에 덮이고
비탄의 얼음에 갇혀질 때
20세라도 인간은 늙는다
머리를 높이 치켜들고 희망의 물결을 붙잡는 한
80세라도 인간은 청춘으로 남는다

이상과 열정 있으면 영원한 청춘

오래 전에 고등학교 교과서에 민태원 소설가의 「청춘예찬」이란 수필이 수록된 적이 있다.

"청춘의 피는 끓는다. 끓는 피는 거선巨船의 기관과 같이 힘 있다……이상理想, 우리의 청춘이 가장 많이 품고 있는 이상! 이것이야말로 무한한 가치를 가진 것이다. 사람은 크고 작고 간에 무한한 이상이 있으므로 용감하고 굳세게 살 수 있는 것이다."

독일의 교육자였던 사무엘 울만도 말한다. "이상을 잃어버릴 때 인간은 비로소 늙는다." 그래서 청춘이란 "인생의 어떤 기간이 아니라 마음가짐"에 대한 이름이라고 말한다. 나이와 모습에 상관없이 청신한 마음가짐, 씩씩한 의지와 풍부한 상상력과 불타오르는 정열을 가지고 있으면 나이가 아무리 많더라도 그는 언제나 청춘이다. 마음속에 이상을 품고 있으면 그 이상을 실현시킬 정열을 품게 되고, 그것을 실천할 용기를 지니고 힘껏 노력하게 된다. 20세이거나 80세이거나 모든 인간은 "영감이 끊기고" "비탄의 얼음"에 갇혀서는 안 된다.

이상을 잃고 고개 숙인 청춘들도, 나이가 많다고 겉모습에 한탄하고 열정을 잃고 허무감에 빠지는 중년도, 노년도 모두 스스로를 일으켜 "경이에 이끌리는 마음"으로 "머리를 높이 치켜들고 희망의 물결"을 붙잡아보자. 이상과 열정을 잃지 않는 한 우리는 모두 영원한 청춘이다.

• • •

자크 프레베르 Jacques Prevert

공원

천년 또 몇 천년이 걸릴지라도
네가 내게 입맞춤하고
내가 네게 입맞춤한
그 영원의 한 순간을
말,
다할 수가 없으리
겨울 햇볕이 쬐는 아침
'몽수리'공원에서의 일이었네
'몽수리'공원은 파리의 안,
파리는 지구 위,
지구는 별의 하나

그 자체로 충족한 사랑

조선시대 대갓집 부인의 무덤에서, 남편에게 바치는 사랑의 편지가 몇 백년 후에 발견되어 화제가 되었던 것을 TV에서 본 적이 있다. 프랑스의 작가 빅토르 위고도 그의 작품 "노트르담의 꼽추"의 마지막 부분에, "파리 근교의 지하실 납골당에서 교수형 당한 여자의 뼈를, 등뼈가 구부러진 꼽추의 뼈가 안고 있는 것을 발견했는데 그 뼈를 떼어내려고 하자 먼지로 화해버렸다"고 묘사하여, 꼽추 콰지모도의 집시 소녀 에스메랄다에 대한, 죽어서 완결시킨 슬프고 애틋한 사랑을 그리고 있다.

우리가 서로 사랑하며 살아가는 이 순간순간이 이어져서 영원이 되고, 그대와 나의 입맞춤이 영원한 사랑의 역사를 이루어, 사라지지 않고 지워지지 않는 우주의 에너지로 존재하는 것이리라.

온 세상에 만물을 얼어붙게 하는 칼바람이 불어도 지구라는 별 위에는 "겨울 햇볕이 쬐는" "몽수리"공원이 어딘가에 존재하고, 거기 너와 나의 사랑의 입맞춤이 있기에 새봄이 또 오고 대지 위에 새 생명이 움트고 꽃 피고 열매 맺는 일이 영원히 이어지는 것이리.

그것을 어찌 말로 표현할 수 있으리. 사랑은 사랑 그 자체로 충족한 것을!

• • •

문덕수

섬

만나면 문득 빛나는 그대 이마
물속에서 잠시 솟은 새벽 섬이다.
버스 안에서 흔들리고 있는 꽃봉오리들도
구두를 닦고 있는 별들의 땀방울도
저마다 외딴 섬이다.
한둘이나 두셋씩 반짝이다 사라지는
그 뒤에는 무덤 같은 빈 거리만 남고
늘어선 겨울 가로수만 유령처럼 남는다.
눈과 눈이 반짝하고 마주칠 때
입김과 입김이 엇갈려 아지랑이처럼 피고
잔잔한 마음의 물살이 퍼져나가나
물속에서 잠시 솟았다 잠기는 바위 끝.

모두가 홀로 외딴섬… 일어나 손 내밀라

장 그르니에의 "섬"을 비롯해서 섬을 노래한 시인들이 많다. 그 중에서 문덕수 시인은 "잠시 솟았다 잠기는 바위 끝"으로, 결코 다가갈 수도, 몸 포개어 하나가 될 수도 없는 섬을 노래한다.

"그대 이마"는 만나면 문득 빛나기는 하지만, 해뜰 무렵 눈부신 햇살 속에 희여스름 솟아나는 희망 같은 "새벽 섬"이기는 하지만 돌아서면 "무덤 같은 빈 거리만 남"는 공허이며 절망이다. "버스 안에서 흔들리고 있는" 사람들은 모두 저마다의 꽃송이를 안고 있는 꽃봉오리이고, 거리에서 저마다의 생업에 종사하느라 땀 흘리고 있는 사람들도 모두 별처럼 빛나는 자아自我의 개체성을 지니고 있지만 그들이 반짝이다 사라진 뒤에는 "늘어선 겨울 가로수만 유령처럼 남는다."

현대인들은 모두 저마다의 자존自尊을 자기 안에 간직한 채 망망한 바다 속의 섬처럼 각기 외따로이 떨어져서 흔들리며 걸어가는 고독한 존재이다. 때로 누군가를 만나서 "눈과 눈이 반짝하고 마주칠 때"도 있지만, 순간의 위로나 쾌락을 위해 손 마주 잡을 때도 있지만 자기 안의 성으로 돌아가면 문을 걸어 잠그고 동굴의 자유를 즐기는 존재이다. 그것이 지나쳐서 요즘은 자폐증과 우울증에 시달리다 심하면 자살로 생을 마감하는 슬픈 현상이 나타난다. (안타깝게도 우리나라는 2004년 이후 경제협력개발기구OECD 국가 중 자살률 1위라는 불명예를 계속 유지하고 있다.)

우리 모두 벌레집 같은 아파트의 문을 열고 저마다의 골방에서 나와 밝은 햇살 아래서 손을 내밀어보자.

작은 꽃 이백 개가 모여 큰 꽃 한 송이를 피우는 민들레처럼, 꽃이 진 자리에 이어서 쉬지 않고 꽃을 피우는 무궁화처럼, 손에 손을 잡으면 서로의 따스한 체온이 얼어붙은 섬들의 핏줄기를 녹이리라. 그러면 "입김과 입김이" 아지랑이처럼 피어나고 "잔잔한 마음의 물살이 퍼져나가" 온 세상 사람이 서로 손잡는 큰 꽃을 피우고, 그 꽃향기 바다를 건너 하늘까지 닿아 제각기 홀로인 섬들도 모두 일어나 손을 내밀리라.

• • •

김승규

우산과 비, 눈부처

비닐우산에 가랑비는
참깨 볶는 소리
박쥐우산에 소나기는
검정콩 볶는 소리
우산은
작은 가마솥
비를 달달 볶는다.
—「우산과 비」

아기 눈 속 엄마부처
엄마 눈 속 아기부처
아기부처가 웃는다
따라 웃는 엄마부처
두 부처 마주 웃으니
극락이다 한 나절
—「눈부처」

부모 큰사랑 잊고 살아 … 주름진 손 잡아드려야

“동심 이제童心二題”라는 제목이 붙어 있는 두 편의 시조이다. 「우산과 비」는 말 그대로 우산을 쓰고 가며 느끼는 독특한 발상의 동심이 표현되어 읽는 사람 누구나 어린 시절로 돌아가 빙그레 입가에 미소가 떠오르게 한다.

“눈부처”는, 두 사람이 서로 마주 바라볼 때 상대방의 눈 속에 비친 앞 사람의 모습을 일컫는 아름다운 우리말이다.

엄마와 아기가 서로 마주볼 때 아기 눈 속에는 엄마가, 엄마 눈 속에는 아기모습만이 크게 비춰진다. 신으로부터 부여받은 새 생명, 오로지 자신의 보호 아래 놓인 자신의 분신인 천사 같은 아기가 엄마에겐 세상의 전부이고 아기에겐 말할 필요도 없이 엄마가 세상의 전부이다. 마주 바라보는 두 눈동자에 비치는 눈부처는 세상 어느 것과도 바꿀 수 없고 아무리 귀중한 것도 틈입할 수 없는 완벽한 둘만의 세계이다. 아기가 웃으면 엄마가 따라 웃고 엄마의 웃는 모습을 본 아기가 또 다시 따라 웃는다. 둘 사이엔 서로 바라보며 웃는 행복과 기쁨의 시간만이 존재한다. 그러나 안타깝게도 그러한 “극락”의 시간은 “한나절”로 표현될 수밖에 없는 짧은 순간에 지나간다. 아기는 어느새 자라나 자아自我가 형성되는 사춘기를 지나 성년이 되고, 부모와 따로 독립된 한 가정을 이루고 자기 생활에 골몰하게 된다. 성년이 된 "아기"에게 어릴 적의 기억은 사라지거나 희미해져 간다. 그러나 어느새 늙어버린 엄마에게는, 온갖 사랑과 정성과, 자신의 삶은 저만치 제쳐두고 희생으로 아기를 키우던 시간들이 잊을 수 없는 기억으로 생생히 살아있다. 그 그리운 기억으로 엄마는 오늘도 "아기"였던 자식을 걱정하고, 무엇이든 해주고 싶고 보살펴주어야 할 것 같은 마음으로 가득 차 있다. 여기에 모든 부모와 자식의 생각의 간극이 생겨난다. 작은 틈이 점점 벌어져 큰 강이 되기도 한다.

이승에 목숨 받아 태어난 존재로 부모 없이 태어난 생명은 없다. 부모의 몸을 빌어 생명을 받고 부모의 사랑과 지극한 보살핌으로 자라나서는, 저 혼자 태어나 저 혼자 자란 것처럼 그 사랑을 잊어버리고 사는 것이 우리들이다. 오늘은 열일 다 제쳐두고 어머니께 달려가 주름진 손이라도 잡아드려야겠다.

● ● ●

정영주

단단한 지붕

자궁엔 지진이 없단다, 아가야
다시 자궁으로 들어가거라
아직 너는 물이니 몸 한껏 구부리면
양수로 흘러갈거야
눈도 귀도 열지 말거라, 아가야
탯줄로 받아먹던 노래와
몸 밖에서 그려주던 숲과 언덕과 강물의 춤들은
이렇게 잔인하게 무너질 수 있단다
아가야, 나는 네 언덕이란다
햇빛 좋은 숲이고
젖이 마르지 않는 동산이란다
아가야, 아직은 눈 뜨지 말거라, 놀라지도 말거라
어미가 둥글게 몸 구부려 단단한 지붕을 만들 동안
내 뼈가 산을 받아내고 콘크리트 절벽을 밀어낼 동안
너는 자궁에서 부르던 옹알이, 탯줄에 걸고
발길질 하고 놀거라
어미뼈가 우두둑 우두둑 부러지고 산산조각이 나도
네 동산은 들꽃과 나비들이 만발할 터이니

아가야, 천둥번개 땅이 갈라지고
어미 호흡이 지천을 흔들다 끊어져도
네 어여쁜 숨소리 작은 목숨 끝내 지키는
장한 모습 보여다오
아가야, 아직 이름도 없는 내 아가야
어미의 부서진 몸뚱이 든든한 철벽이 되어주마
내 사랑, 아, 아, 내 아가야

자식에게 가장 든든한 철벽, 엄마…

몇 년 전, 중국 쓰촨성 지진 때, 시신으로 발견된 젊은 여자의 구부러진 품속에 갓난아기가 살아 있었던 기적 같은 사실 앞에 무릎 꿇는다는 각주가 붙어 있는 시다.

사랑과 정성이 지극하면 기적도 이룰 수 있다. 이 세상에 어미의 사랑만큼 단단한 지붕이 또 어디에 있을까. 하늘이 무너지는 순간에도 어미는 스스로 자기 몸을 구부려 "단단한 지붕이" 되어 또 하나의 "자궁"을 만들었다. 아기는 자유로운 물이어서, 어미의 "뼈가 산을 받아내고 콘크리트 절벽을 밀어낼 동안" 어미가 만들어주는 단단한 지붕 아래서 "어여쁜 숨소리 작은 목숨"을 끝내 지켜낼 수 있었을 것이다. 구부러진 뼈의 품속에 아기를 보호하면서 끝까지 지켜낼 수 있어서 어미는 호흡이 끊어지는 순간에도 안도의 숨을 쉬었을 것이다.

"어미 호흡이 지천을 흔들다 끊어져도" 부서진 몸뚱이로나마 "든든한 철벽이 되어주마"고 약속하는 어미가 있는 한, 아기는 홀로 남아 이 험한 세상을 건너가기에 결코 흔들리지 않을 것이다.

이승과 저승의 경계마저 넘어서는 어미의 사랑 안에서 아가야! 너는 커서 더 단단한 "세상의 지붕"이 되거라. 그리하여 이런 비극이 다시는 일어나지 않는 세상을 만들어가거라.

온 국민이 함께 기도했던 "세월호" 침몰 사고에서도 5살 여자아이가 혼자 구조되어 세상에 남았다. 그 아이의 엄마 아빠와 오빠는 아이에게 구명조끼를 입혀주고 등을 떠밀어 내보내고 캄캄한 배의 3층이나 4층 어딘가에서 애타게 구조를 기다리고 있다가 엄마만 시신으로 발견되었다. 아빠와 오빠도 이승에서 다시 만나지 못한다 해도 "어여쁜 숨소리 작은 목숨"의 그 아기는 "들꽃과 나비들이 만발"하는 자기만의 동산을 가꾸는 아름다운 사람으로 자라 엄마 아빠 오빠의 몫까지 살아내는 꿋꿋한 삶이되기를 기도한다.

2부

• • •

미 상

할미꽃 이야기

할미꽃 마나님 고개 숙이고
오늘도 무얼 그리 생각하세요
고개 넘어 시집보낸 막내딸아기
잘 있는지 소식 몰라 궁금하대요

봄이 오면 무덤가에 할미꽃 핀다
할미꽃 피면 그립다, 할머니 생각
오늘도 오빠와 무덤가에 앉아서
할미꽃 쓰다듬으며 옛날얘기 생각한다
할머니가 들려주시던, 할미꽃 얘기

뒷동산의 할미꽃, 꼬부라진 할미꽃
젊어서도 할미꽃 늙어서도 할미꽃
하 하 하 하, 우습다. 꼬부라진 할미꽃
꽃 필 때에 늙었나 호호백발 할미꽃
천만가지 꽃 중에 무슨 꽃이 못되어
허리 굽고 등 굽은 할미꽃이 되었나

어린시절 읊던 詩 오늘을 사는 힘 줘

「할미꽃 이야기」를 가만히 입 속으로 읊어보면, 어릴 적 초등학교(아마 3~4학년쯤이지 싶다) 교과서에 이 시와 함께 실렸던 이야기가 생각난다. 세 딸을 애지중지 키워서 시집보낸 어머니가 혼자 늙어서 의지할 데가 없어 딸네 집을 찾아갔다가, 첫딸 집에서도 둘째딸 집에서도 쫓겨난다. 꼬부랑 할머니는 마지막으로, 세 딸 중에서 가장 효심 깊은 막내딸을 찾아서 고개를 넘어가다 고갯마루에서 힘에 부쳐 쓰러져죽고 그 위에 눈이 덮여 한 겨울이 지나간다. 봄이 되어 눈이 녹자 산 너머 사는 막내딸이 비로소 그 사실을 알고 울면서 달려오는 그림이 선명하게 떠오른다.

그 뒤에 이어서 할머니를 그리워하는 오누이가 할미꽃이 피어 있는 산기슭 무덤가에 앉아있는 그림이 있었다. 우리 집은 경남 함안의 아주 외진 산속마을에 있었는데, 초등학교 중학교를 고개를 넘어서 타박타박 걸어 다니면서 마치 내가 고개 넘어 시집간 막내딸이 된 기분이어서 이 시를 읊으며 까닭 없이 슬퍼지곤 했다. 내가 넘어 다니는 고개는 공동묘지로, 수많은 무덤이 있었는데 봄이 되어 그 무덤가에 할미꽃이 피면 그 꽃을 부여잡고 울고 싶었다(나도 셋째 딸이었는데, 이 다음에 커서 나

는 부모님께 잘 하리라 다짐하곤 했다)

세 번째 시는 앞의 동시와는 분위기가 다르지만, 음악시간에 배워서 아이들과 놀이할 때 수시로 부르던 노래다.

어린이날과 어버이날을 보내면서 1950년대, 전쟁 끝나고 얼마 안 되었던 무지하게 가난했던 시기의, 할미꽃을 소재로 한 몇 가지 동시가 생각나서 적어보았다.

어린 시절에 접했던 시는 우리의 가치관 형성에 지대한 영향을 미치고, 감수성을 길러주고 사물의 이면까지 깊이 있게 이해하게 해준다.

성인이 되어서도 자기 속에 함께 살고 있는 유년의 나, 청년의 나, 장년의 나와 수시로 만나 대화를 나누며 위안받고 영혼을 고양시키며 남루한 현실을 극복해나가는 힘을 얻어 오늘을 꿋꿋하게 헤쳐 나가게 해준다.

• • •

김사인

바짝 붙어서다

굽은 허리가
신문지를 모으고 빈 상자를 접어 묶는다
몸빼는 졸아든 팔순을 담기에 많이 헐겁다
승용차가 골목 안으로 들어오자
바짝 벽에 붙어 선다
유일한 혈육인양 작은 밀차를 꼭 잡고

저 고독한 바짝 붙어서기
더러운 시멘트 벽에 거미처럼
수조 바닥의 늙은 가오리처럼 회색벽에
낮고 낮은 저 바짝 붙어서기

차가 지나고 나면
구겨졌던 종이같이 할머니는
천천히 다시 펴진다
밀차의 바퀴 두개가
어린 염소처럼 발꿈치를 졸졸 따라간다

늦은 밤 그 방에 켜질 헌 삼성테레비를 생각하면
기운 싱크대와 냄비들
그 앞에 서 있을 굽은 허리를 생각하면
목이 메인다
방 한 구석 힘주어 꼭 짜놓은 걸레를 생각하면

고독한 노년의 삶에 따뜻한 친구는

우리가 길에서, 주택가 골목에서, 혹은 가게 앞에서 예사로 보고 놓치는 것을 시인은 붙잡아서 함께 생각하자고 펼쳐놓는다.

자녀가 아예 없어서 생활보호대상자가 되면 정부로부터 최소한의 생계비를 받을 수 있는데, 자녀가 있어서 부양이 가능하다고 분류되는 어르신들 중에 자녀로부터 생활에도, 정서에도 전혀 도움을 받지 못하는 분이 많다고 한다. 몸은 아프고 늙어서 힘은 다 빠지고, 그래도 생활을 위해서는 최소한의 돈은 필요하고… 혈육이 있어도 없는 것만 못하니 "졸아든 팔순" 몸을 몸빼바지에 가리고 굽어진 허리로 "작은 밀차"를 유일한 혈육인 양 꼭 붙잡고 끌며 신문지를 모으고 빈 상자를 접어 묶어야 한다. 그것도 요즈음에는 경쟁이 심해서 여차하면 몫이 돌아오지 않는다. 거미처럼, 늙은 가오리처럼, 구겨진 종이처럼 하도 졸아들어 좁은 골목에 승용차가 지나가도 "바짝 벽에 붙어서"기만 하면 된다. 하루 종일 허리 구부리고 돌아봐야 손에 쥘 수 있는 것은 저녁밥을 안칠 쌀값이나 될까? 늦은 밤 쪽방으로 돌아가 헌 삼성테레비를 켜고 기운 싱크대와 쭈그러진 냄비 앞에 선다.

힘주어 꼭 짠 걸레로 닦고 또 닦는 저 "헌 삼성 텔레비"가 고장 나지 않고 오래 친구가 돼주어야 할텐데… 그런데 오늘 웬일인지 그 친구의 얼굴에 죽죽 비가 내리기 시작한다.

• • •

김행숙

멀고 먼 숲

강을 건너 들판을 지나
험한 길 멀어도
쉬지 않고 걸어가면
어느 날 당도할 수 있을까

잎사귀엔 향유처럼 흐르는 햇빛
숲에 깃든 어린 벌레들
떡갈나무 잎에 스치는 바람
종일 나무들이 수런대며
말 거는 숲

눈보라 휘날리고 비바람 일어도
묵묵히 걸어가리
눈길 머무는 자리마다 싹이 트는
언젠가는 내가 가 닿을
그곳
멀고 먼 숲

먼 숲 같은 삶의 길… 희망으로 향유하리

우리는 모두 멀고 먼 숲을 향해 길을 나선 나그네들이다.

그 숲이 어디에 있는지, 과연 가 닿을 수 있기나 한 것인지, 그 숲을 향하여 내가 평생 동안 주저앉지 않고 걸을 수나 있을 것인지 아무것도 알지 못하는 채로 우리는 모두 이 세상에 던져진 존재들이다.

이 세상에 생명 받고 태어난 소명召命 하나로 우리는 모두 길 위에 있으며, 평생 동안 걸어서 그곳에 닿지 않으면 안 된다.

생각하기에 따라서 어떤 이에게는 그 길이 노래하며 즐겁게 걷는 오솔길이 되기도 하고, 어떤 이에게는 그 길이 자신과 활기에 찬 행복한 길이 되기도 하고, 혹 어떤 이에게는 무거운 십자가 진 형극의 길이 되기도 하고 가다가 주저앉고 싶은, 그만 포기해버리고 싶은 길이 되기도 한다. 자기에게 주어진 삶, 자기 앞의 삶을 우리가 어떤 생각을 하며 대하는가에 따라 똑같은 길이 전혀 다른 색깔로 우리에게 다가온다.

아무리 어렵고 힘든 길이라도 걸을만한, 걸어야 하는 길로 변화시킬 수 있는 것이 우리의 마음이며, 삶을 대하는 태도이다. 마음이 긍정적이고 따스하며 적극적인 사람 앞에서는 아무리 "험한 길"도 "눈보라 휘날리고 비바람" 이는 길도 "눈길 머무는 자리마다 싹이 트는" 희망과 기쁨과 보람 가득한 길로 바뀔 수 있는 것이 우리 앞에 펼쳐진 삶의 길이다.

그 길을 걸으며 우리는 "잎사귀엔 향유처럼 흐르는 햇빛"을 즐기며 "숲에 깃든 어린 벌레들"과 눈짓 나누며 말을 걸어오는 나무들과 함께 하는 행복을 이미 누리고 있다. 누구에게나 주어진 삶의 길에서 이런 것을 볼 수 있고 느낄 수 있는 사람은 이미 "멀고 먼 숲"에 가 닿아 있는 것이다. 그곳을 향해 첫 발을 내딛는 순간 우리는 모두 "멀고 먼 숲" 그 속에서 사랑하는 그대와 따스한 손을 마주 잡고 삶을 향유하고 있는 것이리라.

• • •

문효치

풀에게

시멘트 계단 틈새에
풀 한 포기 자라고 있다
영양실조의 작은 풀대엔
그러나 고운 목숨 하나 맺혀 살랑거린다
비좁은 어둠 속으로 간신히 뿌리를 뻗어
연약한 몸 지탱하고 세우는데
가끔 무심한 구두 끝이 밟고 지날 때마다
풀대는 한번씩 소스라쳐 몸져눕는다
발소리는 왔다가 황급히 사라지는데
시멘트 바닥을 짚고서 일어서면서 그 뒷모습을 본다
그리 짧지 않은 하루해가 저물면
저 멀리에서 날아오는 별빛을 받아 숨결을 고르고
때로는 촉촉이 묻어오는 이슬에 몸을 씻는다
그 생애가 길지는 않을 테지만
그러나 고운 목숨 하나 말없이 살랑거린다

시멘트 틈새 고운 목숨

우리가 무심히 보고 지나치거나 하찮게 여기는 작은 풀 한 포기에도 "고운 목숨"은 맺혀 살랑거린다. 비록 그것이 제대로 뿌리 뻗고 자랄 수 있는 흙을 못 만나고 인간들이 편리를 위해 만들어놓은 "시멘트 계단 틈새"에서 싹을 틔웠지만, "비좁은 어둠 속으로" 죽을힘을 다해 뿌리를 뻗어 몸을 세우고 있지만, 그 풀은 "연약한 몸"을 지탱하면서 제 한 목숨 가꾸기 위해 최선을 다하고 있다.

때로는 "무심한 구두 끝"에 밟히고, 개구쟁이 아이들의 엉덩이에 깔려서 "소스라쳐 몸져 눕"지만 풀은 "시멘트바닥을 짚고서"라도 다시 일어선다.

그리고는 우리가 잠들어 알지 못하는 사이에 먼 우주와 교통交通하며 "저 멀리에서 날아오는 별빛을 받아 숨결을 고르고" "촉촉이 묻어오는 이슬에 몸을 씻"고 새날을 맞이한다.

그러나 수은이, 질산염이, 카드뮴 덩어리가 지구마당을 덮는 이 다이옥신 바다에서 저 "영양실조"의 작은 풀대가 과연 제대로 숨을 쉬고 열매를 맺을 수 있을까?

자기밖에 모르는 이기적인 인간들이 오염시키고 황폐화시켜 놓은 이 지구마당에서, 그것도 인간들이 만들어놓은 시멘트 계단 틈 사이에 뿌리 내린 저 여리디 여린 풀을 보면서 우리는 모든 목숨은 고귀한 것이라고 감히 말할 수 있을까.

• • •

이상규

띠포리

띠포리가 납작하게 누워 있다
은빛 비늘을 윤슬처럼 반짝이며
날렵하게 잔바다를 누비던 띠포리가
모로 누워 혼미하게 가라앉고 있다
발라먹을 살도 없어 생선 축에도 들지 못하고
만만하다고 으레 가짓수에도 끼지 못하던
그래도 국물맛 내는 데는 띠포리만 한 게 없다며
끓는 물에 집어넣고 우려먹던 그 띠포리가.
고열에 한기까지 갈마들어 몸살이거니 미적거리다가
척추염증이라고 듣기에도 어쭙잖은 병명으로
벌써 한 달 보름이나 병상에 누워 있다
무른 등에 새끼에 새끼까지 태우고
지느러미 짓이 그리 힘든 줄 나만 몰랐다

띠포리 한 줌 넣고 된장 한 숟가락 풀어서
김치 넣고 보글보글 끓이면 한 끼는 먹을거야
입에 걸러 넣을 게 없을 거라며 내 걱정을 하는
아내는 척추 마디마디가 물러 누워 있는데

밴댕이 소갈머리처럼 연득없는 나는
연하디 연한 띠포리 등뼈까지 우려내어
혼자 살겠다고 후룩이며 밥 말아먹고 있다

우려 먹혀도 오히려 기쁜 가족사랑

띠포리는 멸치 중에서 질이 가장 낮은 종류이다. 볶음이나 다른 재료로는 부적합하나 국수를 삶고 다시 국물을 낼 때, 찌개와 국을 끓일 때 띠포리를 한 줌 넣고 우려내어야 국물이 제 맛을 낸다.

"생선 축에도 들지 못하고/ 만만하다고 으레 가짓수에도 끼지 못하던" 띠포리는 진국을 다 내어주고 껍질만 남아 병들어 누워있는 "아내"이다. 젊어 한 때는 "은빛 비늘"을 반짝이며 "날렵하게 잔바다를 누비던" 그녀가 평생 동안 국물을 우려먹은 남편 덕분에, 아이들을 다 키우고 그도 모자라 "새끼에 새끼까지" 무른 등에 태우고 지느러미짓 하느라 허리를 쓰지 못하는 "척추염증"에 걸려 꼼짝 못하고 있다. 누워서도 끝까지 남편 걱정을 하고 있다.

시 속의 화자가 남편이니까 아내를 띠포리처럼 우려내어 "후룩이며 밥 말아먹고" 있지만, 시점을 바꾸면 아내도 남편을 우려먹고 살고, 자식은 부모를 우려먹으며 자라난다. 그래도 아무도 자신이 우려 먹힌다고도, 우려 먹혀서 억울하다고도 생각하지 않는 것은 사랑이라는 묘약이 있어서, 스스로 즐겨 자기를 다 내어주기 때문이다. 연한 등뼈까지 우려먹도록 자기의 전부를 다 내어주면서 오히려 더 큰 기쁨을 느끼는 것이 가족 간의, 사람과 사람 사이의 사랑이고 행복이기 때문이다.

● ● ●

함민복

부부夫婦

긴 상이 있다
한 아름에 잡히지 않아 같이 들어야 한다
좁은 문이 나타나면
한 사람은 등을 앞으로 하고 걸어야 한다

뒤로 걷는 사람은 앞으로 걷는 사람을 읽으며
걸음을 옮겨야 한다
잠시 허리를 펴거나 굽힐 때
서로 높이를 조절해야 한다

다 온 것 같다고
먼저 탕 하고 상을 내려놓아서도 안 된다
걸음의 속도도 맞추어야 한다
한 발
또 한 발

무한히 확장되는 사랑의 원 그리기

가족이나 친족 간에는 모두 촌수寸數가 있지만 부부 사이엔 촌수가 없다. 무촌無寸이다. 그만큼 가깝기도 하고 또 멀기도 하다는 의미이리라. 부부만큼 가까운 사이, 부부처럼 한 몸 한 마음이 되는 관계는 세상 어디에도 없다. 그래서 부부 일심동체라는 말이 생겨났을 것이다.

그러나 또한 돌아누우면 남이 되는 관계, 마음이 벌어져서 멀어지면 남보다 못한 사이가 되는 것이 부부이다. 때로는 원수지간이 되기도 한다. 인간의 마음이란 참 요상스러워서 서로 사랑해서 일생을 함께 하기로 하여 결혼했다고 해서 모두가 변함없이 행복하게 백년해로 할 수 있는 것이 아니다. 더구나 남편이나 아내 외에 다른 상대자를 만날 기회가 적었던 남녀유별의 조선사회가 아닌, 남녀가 자유롭게 함께 공부하고 함께 사회생활 하는 현대사회에서는 변함없는 사랑을 유지하기 위해 서로의 많은 노력이 필요하다. 그러므로 상대방에 대해 무심하거나 내가 하고 싶은 대로 해도 여전히 변함없이 유지되는 관계가 부부라고 방심해선 안 된다. 모든 관계가 다 마찬가지겠지만 그 중에서도 남녀 사이의 사랑은 싹이 터서 꽃을 피우고 열매를 맺었다고 해서 끝나는 것이 아니라 항상 상대방을 배려

하고 양보하며 이해라는 물을 주어 키워가야 하는 다년생多年生 나무와 같다.

우리나라에 가정법률상담소를 창설한 이태영 변호사는, 예전의 부부는 남편이라는 커다란 원 하나가 있고 그 옆에 아내라는 작은 원 하나가 붙어서 따라가는 형태였다면, 오늘날의 부부는 크기가 같은 두 개의 원이 서로 합하여 더 큰 하나의 원을 만들어가는 것이라고 하였다.

부부란 긴 상을 앞뒤에서 들고 가는 두 사람이다.

서로 뜻을 잘 맞추어서 "한 발/ 또 한 발" 높낮이도 발걸음도 잘 맞추고 서로를 배려하며 상대방을 잘 살피며 걸어야 한다. 이러한 발맞추기가 있어야 둘이 합해서 둘만큼의 원이 되는 것이 아니라 무한히 확장되는 사랑의 원 그리기가 될 수 있을 것이다.

• • •

문정희

추석달을 보며

그대 안에는
아무래도 옛날 우리 어머니가
장독대에 떠놓았던 정한수 속의
그 맑은 신이 살고 있나 보다

지난 여름 모진 홍수와
지난 봄의 온갖 가시덤불 속에서도
솔 향내 푸르게 배인 송편으로
떠올랐구나

사발마다 가득히 채운 향기
손바닥이 닳도록
빌고 또 빌던 말씀

참으로 옥양목 같이 희고 맑은
우리들의 살결로 살아났구나.
모든 산맥이 조용히 힘줄을 세우는
오늘은 한가윗날.

헤어져 그리운 얼굴들 곁으로
가을처럼 곱게 다가서고 싶다.

가혹한 짐승의 소리로
녹슨 양철처럼 구겨 버린
북쪽의 달, 남쪽의 달
이제는 제발
크고 둥근 하나로 띄워 놓고

나의 추석달은
백동전같이 눈부신 이마를 번쩍이며
밤 깊도록 그리운 얘기를 나누고 싶다.

남쪽의 달 북쪽의 달 하나 되는 그날은…

한가윗날 밤에 달을 본다. “지난여름 모진 홍수와/ 지난봄의 가시덤불 속에서도” 푸르게 살아남아 “솔 향내 푸르게 배인 송편으로” 떠오른 달. 저 달은 그리운 가족들, 헤어졌던 부모 형제 친척들과 함께 바라보라고 저 높은 하늘에 저리 푸르게 떠올라 있다. 그 달 안에는 어머니가 새벽마다 집 떠난 자식을 위해 장독대에 정화수 떠 놓고 손이 닳도록, 허리가 휘어지도록 절하며 빌고 빌던 “그 맑은 신”이 살고 있다. 헤어져서 그리던 그 얼굴들 곁으로 가서 함께 행복한 눈으로 올려다보라고 저리 휘영청 맑은 하늘에 떠올라 있다. 그래서 우리는 한가위가 다가오면 너도 나도 고향으로 달려가는 민족 대이동을 한다.

그러나 우리 민족에게 저 달은 “녹슨 양철처럼” 구겨진 달이다. 그 누가 저 달을 “북쪽의 달, 남쪽의 달”로 나누어 반쪽으로 갈라놓았을까? 언제면 저 반쪽의 달을 “크고 둥근 하나로 띄워 놓고” 우리 모두 둘러앉아 “밤 깊도록 그리운 얘기” 나눌 수 있을까?

고향 선산 도래솔 아래 백골로 누워서도, 백골이 다 삭아 내려서도 자식을 기다리는 귀만은 열어놓고 계시는 부모님 곁으로 어느 때쯤이면 달려가 술 한 잔 올릴 수 있을까. 앞 뒷산이 다 울리도록 큰 소리로 한 맺힌 통곡 한 번 해볼 수 있을까.

"남쪽의 달, 북쪽의 달"이 손잡고 더 크게 떠올라 환히 웃을 그날을 그려본다.

● ● ●

이 솔

달은 곡식더미 뒤에서 떠오르기도 한다

달은
인기척 뒤에서 뜨고 지는 창백한 종이탈
외할머니의 그림자가 뒤꼍 광문 앞에 서고
문고리를 숨죽여 풀어 당기면
파리한 달이 떠오른다
청년은 음식을 받아 내려간다
수염이 긴 달은 뜨자마자 지고 마는
곡식더미 뒤에서 빛을 키우는
떨림이다 원초적 공포다

외할머니가 키우는 달은
B. 29기가 더 많이 날아오기를 기도했다
그 시절
마루 밑에서 천장에서
산 속에서 곡식더미 뒤에서 숨죽여 지내던 달이
인민군 총부리에 빛을 감춘 달이
곡식더미 뒤에서 떠오르는 일은
충격이었다

소녀의 노래 속에
달은 하얀 떨림이다. 지금도

전쟁에 질린 파리한 달… 아직도 하얀 공포

초승달에서 반달, 보름달을 지나서 그믐달로 사위어지지만 다시 차오르는 재생의 상징성을 지닌 달, 예로부터 사람들에게 친근한 자연 친화의 이미지인 달은 인간에게 그리움과 소망과 기원의 대상이 되어왔다. 그러나 이 시에 등장하는 달은 위기를 피해서 숨어 지내는 생명이다. 언제 닥칠지 모르는 생명의 위험 앞에서 먹지도 못하고 공포에 질려 보내는 낮밤의 "파리한" 얼굴이다.

동족끼리 총을 맞대는 전쟁 앞에서, 적을 피해 애써 피란간 곳이 다시 인민군의 점령 하에 들어갔을 때 그들의 생명은 혼자만의 것이 아니라 온 가족 총살의 빌미가 되었다. 소위 반동 색출에 여념이 없던 인민군 앞에서 생명은 빛을 잃은 달, 종이 탈이었다.

"곡식더미 뒤에서" 혹은 광 아래 파놓은 땅굴 속에서, 마루 밑에서, 천정에서 숨 죽여 지내던 달도 몇 날 며칠을 굶으면 음식 앞에서 모습을 드러내지 않을 수가 없다. 순간순간을 견뎌내면서 "원초적 공포"와 "떨림"으로 극한에까지 이르다가 견딜 수 없어 모습을 드러내자마자 지고 마는 달도 있었다. "외할머니가 키우는 달" 속에는 외삼촌도 있고 소녀의 아버지도 있고 마을 청년도 있을 것이다. "인민군 총부리에 빛을 감춘 달"인 그들은 "B. 29기가 더 많이 날아"와서 빨리 전쟁이 끝나고 밝은 제빛을 비출 수 있는 달과 해가 되기를 얼마나 기도했을까. 철모르던 시절에 겪은 충격적인 장면들은 전쟁 난지 70년이 되어가는 지금도 소녀의 의식의 거울에 떠오르는 "원초적 공포"이다.

전쟁으로 인해 얼마나 많은 "달"이 지고, 그 뒤에 남은 사람들은 또 얼마나 큰 상처를 앓으며 지금도 절룩이며 걷고 있는 것일까.

• • •

요시노 히로시吉野弘

생명은

생명은
자기 자신만으로 완결될 수 없도록
만들어져 있는 것 같다
꽃도
암술과 수술이 갖추어져 있는 것만으로는
불충분하고
버러지나 바람이 찾아와
암술이나 수술을 중매한다
생명은그 안에 결핍을 지니고
그것을 타자他者에게서 채워 받는다

세계는 아마도
타자와 총화總和,
그러나
서로가
결핍을 채운다고는
알지도 못하고
알려지지도 않고

흩어져 있는 것들끼리가
무관심하게 있을 수 있는 관계,
때로는 마음에 들지 않는 것들도 허용되는 사이,
그렇듯
세계가 느슨하게 구성되어 있는 것은 왜일까?

꽃이 피어 있다.
바로 가까이까지
등에의 모습을 한 타자가
빛을 두르고 날아와 있다

나도 어느 때
누구를 위해서 등에였겠지
당신도 어느 때
나를 위한 바람이었는지도 모른다

결핍을 지닌 생명… "타자"가 채워줘

제석천의 궁전에는 오색찬란한 구슬로 된 그물이 있다. 그물코마다 붙어있는 구슬에는 다른 그물코에 붙어있는 모든 구슬들이 비치고 있다. 각각의 아름다운 빛이 제각기의 구슬에 들어가 비치고 이들 모든 영상에는 그것을 받아들이는 자신의 모습도 비친다. 하나가 흔들리면 모두가 흔들린다. 서로가 서로의 속에 들어가는 상입相入이요, 서로가 남남이 아닌 하나라는 상즉相卽을 이루어 찬란한 다중구조를 이루고 있다. 이것이 우리들 사는 세상의 참된 모습이라 한다.

『화엄경』에서 만물이 존재하는 방식에 대해 설명하는 인드라 그물 이야기이다. 이는 모든 개체가 상호작용을 통해 의존관계에 있음을 비유한 것이다.

시인도 노래한다. "생명은/ 자기 자신만으로 완결될 수 없도록/ 만들어져 있는 것 같다"고. 트리나 포올러스도『꽃들에게 희망을』에서 나비가 존재하는 것만으로도 꽃들에게 희망을 주어 암술과 수술이 결합하여 새 열매를 잉태하게 됨을 애벌레의 이야기를 통해 보여준다. 나도 어느 때 누구를 위해서 "빛을 두른 등에"였고 "바람"이었다. 누구인지 모르는 그대도 나를 꽃피게 하는 빛이었고 바람이었고, 또 앞으로도 그러할 것임을 믿는다.

● ● ●

신세훈

고국의 울엄매 그리버서

— 비에뜨 • 남 엽서 13

고국의 울엄매 그리버서
야잣닢 엮으며 울었네
하눌도 내고향 그하눌
흙냄새 꽃향기도 다른 바 없는데
뜨거운 파촛그늘 아래 우장을 펴고
비에 젖어 녹슨 총 닦으며
보리밭 가에서 우시는 엄니를
소변을 보시면서 우시는 엄니를

보고져라 내색끼세훈아
새벽메중 물떠놓고
삼신께축수축수 니를빌어
부대부대 도라오라
이내정성 다함이라
니난정작 살아올놈
아가아가 내색끼야
언지올꼬 언지올꼬
해가지면 달이뜨네

울엄매 울엄매야
남국여인 품에 안겨
고운 잠 들고 싶네
꼬꼬달기 우난 대신
은은한 야포소리여

엄니 그리는 전장의 아들 · 애끓는 모정

몇 년 전 국립 서울현충원에서 “월남전 참전 전사자위령제”가 거행되었다. 월남전 참전 기념일을 맞아 대한민국 월남 참전자회에서 주최한 이 행사에는 전국의 월남 참전 전우들과 전사자의 유가족, 그 외 많은 국민들이 참가하여 전사자의 영령을 위로하였다.

우리나라는 1964년부터 월남전에 참전하여 많은 국군을 파병하였는데 그 중에서 1만 6천여명의 사상자가 발생했다(인터넷 두산백과 참고). 살아 돌아온 사람도 전상戰傷과 고엽제 등으로 일생을 고통 속에서 살다 갔으며 현재도 그 고통을 겪고 있는 분들이 많다. 6 · 25 한국전쟁 당시 이름도 들어보지 못한 나라를 지켜주기 위해 먼 땅에 와서 생명 바쳐 싸워준 유엔군 덕분에 우리나라가 지탱될 수 있었던 고마움에 대한 보답으로, 또 가난한 내 나라의 번영을 위해 그분들은 먼 나라 월남까지 가서 싸우다가 목숨을 바쳤다. 그 숭고함 앞에 필자는 “영원히 죽지 않는 이름에게”라는 헌시를 지어 낭독해 올렸다.

위의 시에서 시인은 고국의 “어매”로부터 받은 편지글을 인용하고 있는데 ㆍ(아래 아) 등 고어古語로 씌어진 글을 필자가 현대어 표기로 바꾸었다. “보리밭 가에서 우시는 엄니를/ 소변을 보시면서 우시는 엄니를" 생각하는 전장의 아들과 "부대부대 도라오라"고 "삼신께 축수축수" 빌면서 "니난정작 살아올놈"이라고 굳게 믿는 이 땅 모든 어머니의 애끓는 정성을 함께 느낄 수 있는 진솔한 작품이다. 어떠한 이유로도 정당화될 수 없는 "전쟁"에서 희생하신 모든 분들에게 감사드리고 명복을 빈다.

• • •

전래동요

부헝이 노래

보항보항 양식없다 보항
부헝부헝 내일모레 장이다 걱정말고 살아라
보항보항 가고지야 가고지야 우리친정 가고지야
부헝부헝 가라미더 가라미더 너거친정 가라미더
보항보항 무슨 옷을 입고 갈꼬?
부헝부헝 전주비단 감고 가지
보항보항 무슨 신을 신고 갈꼬?
부헝부헝 가죽신꽃신 신고 가지
보항보항 무슨 차반 해가 갈꼬?
부헝부헝 찰떡 시루떡 해가 가지
보항보항 방은 누가 보고?
부헝부헝 열쇠 자물쇠 지가 보지
보항보항 정지(부엌)는 누가 보고?
부헝부헝 조리주개(주걱) 지가 보지
보항보항 마당은 누가 보고?
부헝부헝 암캐수캐 지가 보지
보항보항 상각上客은 누가 가고?
부헝부헝 검으나 희나 자네 서방 내가 가지

목숨이 희망이던 시대 위안 준 전래동요

이것은 필자가 순전히 기억 속에서 되살리는 어릴 적에 부르던 전래동요인지라 누락된 부분도 있을 것이다. 대여섯 살 때 나는 이야기꾼이었다. 전쟁 끝난 지 몇 년 안 된 시절, 집도 건물도 옷가지도 다 불타버린 잿더미 속에서 사람 잃지 않은 것만 고맙고도 고마워서 불탄 자리에 재를 쓸어내고 몸담을 오두막집을 짓고, 밥이건 죽이건 굶지 않는 것에 감사하며 새 삶을 시작했던 시절이었다. 이불도 옷도 귀하여 빨래를 하는 날은 그 옷이 마를 때까지 온 가족이 방안에서 기다려야 했던 시절, 라디오도 TV도 없이 오로지 사람밖에는 위안 삼을 것이 없던 그 시절, 꼬마 이야기꾼은 온 동네의 위안이고 기쁨이었을 것이다. 그래서 저녁이면 온 동네 사람들이 우리 집 안방에 가득 둘러앉아 나를 가운데 두고 이야기를 하고, 또 하게 만들었다. 돌아오는 장날에 과자 사다주겠다고 꼬이면서…

갓 시집온 새색시는 얼마나 친정이 가고 싶었을까?

추석이나 설 명절이 되면, 혹은 친정 부모나 형제의 생일이 다가오면 벽에 붙여놓은 한 장짜리 달력을 보고 또 보며 부모님 얼굴을 눈물로 그렸을 것이다. 그래도 차마 친정 가고 싶다는 말을 입에서 떼놓지 못할 때, 부엉이 부부에게 이 노래를 부르게 하고 대리만족으로 자신을 위로했을 것이다.

암 부엉이의 소리는 가늘고 예쁘고 엉석과 교태를 섞은 목소리로, 수컷 부엉이의 소리는 모든 것을 허락하는 여유와 아량을 가지고 나만 믿고 따라오라는 다소 위엄 섞인 굵은 바리톤 목소리를 흉내 내며 실감나게 연기하도록 나를 어린 성우로 만들었던 그 노래. 목숨 부지하는 것만도 희망이던 가난하고 어려웠던 시절에 동네사람 모두의 위안과 꿈이 되었던 노래.

나이 든 세대에게는 그리움을 주고, 그 시절에 대해 상상도 못하는 젊은 세대에게는 이 노래를 통해 지난 세대의 삶을 알고 이해하기를 바라며 들려주고 싶다.

● ● ●

박정원

열무밭에서

떡잎 갓 벗어난 아기열무들 사이로
서릿발 들어선다
퉁퉁 불은 엄마 젖을 맘껏 먹어야 할
그 어린것들에게 몸을 낮춘다
여린 이파리를 들추자
흐느끼느라 말을 잇지 못하는 열무

누가 놓고 갔는지 천국영아원 골목엔
아기 혼자 포대기에 안긴 채 울고
열무씨앗처럼 또박또박 눌러쓴 편지
아이를 잘 키워주세요 제발 부탁합니다
연락처도 없이 사라진 아기엄마는
철도 모르고 열무씨를 묻었던
내 속 같았을까

돌아가는 모퉁이엔 온통 대못만 박혔으리
다시 그 젖은 사랑을 그리워할 저녁
꽁보리밥에 여린 열무를 썩썩 비벼먹으며

고추장 같은 한숨을 떨어뜨릴까

너무 늦게 심은 열무밭에서
아기의 울음소리가 그치지 않는다

철부지 엄마 · 버려진 아이… 대못 박힌 가슴

그 재활원에는 두 가지 이상의 장애를 가진 중증장애아들이 약 50명 가량 있다.

우리가족은 그 재활원이 문을 열 때부터 그곳에 갔다. 가난했던 옛날과 달리 지금은 평소에도 잘 먹어서 오히려 살찌는 것을 걱정하는 시대니까, 생일날 쓸 돈을 아껴서 부모 없는 어려운 아이들과 잠시나마 함께 하자는 의미로 "가족의 생일은 재활원에서 보내자"라는 캠페인을 벌였다. 4인가족이라면 적어도 일년에 네 번은 그곳에 가서 아이들과 놀아주고 관심을 가질 수 있을 것이라는 생각이었다. 많은 사람들이 그 취지에 동참해주었다.

방바닥에 딱 들어붙어서 눈만 멀뚱멀뚱한 아이, 자폐증으로 하루 종일 머리를 벽에 대고 자꾸 부딪쳐서 야구의 투수 모자를 씌워 놓은 아이, 눈이 안 보이고 말도 잘 못해 고개 숙이고 소리만 고래고래 질러대는 아이, 팔다리가 종이 인형처럼 제멋대로 움직이는 아이, 안아주면 좋아라 하고 눈을 맞추다가 내려놓으면 떨어지지 않으려고 울어대는 아이들 때문에 돌아올 때는 발길이 떨어지지 않은 적이 많았다.

주로 미혼모들이 아이를 낳고는 키울 형편이 안 되어 재활원

문 앞에다 놓고 가는데, 여름 휴가철과 크리마스가 지난 열 달 뒤가 가장 많다고 한다. 그야말로 "철도 모르고 열무씨를 묻"은 철부지를 부모로 둔 덕분에 장애아가 되고 또 버려지기까지 하여 "흐느끼느라 말을 잇지 못하는" 이 아이들의 삶을 누가 보상해줄 수 있을까? "아이를 잘 키워주세요 제발 부탁합니다" 겨우 메모 하나 남기고 사라져야 하는 아기 엄마는 "대못만 박"힌 가슴으로 어디서 어떻게 살아가고 있는지…

● ● ●

정채봉

노란 손수건

병실마다 밝혀 있는 불빛을 본다
환자들이 완쾌되어 다 나가면
저 병실의 불들은 꺼야 하겠지

감옥에 죄수들이 없게 되면
하얀 손수건을 건다던가
병실에 환자들이 없게 되면
하늘색의 파란 손수건을 걸까

아니,
내 가슴속 미움과 번뇌가
다 나가서 텅 비게 되면
노란 손수건을 올릴까 보다

미움과 번뇌로 아픈 마음 비우기

동화작가이자 시인인 정채봉은 「손수건과 같은 만남」이라는 잠언적인 글로 지금도 많은 독자들에게 기억되고 있다. “가장 잘못된 만남은 생선과 같은 만남이다/ 만날수록 비린내가 묻어오니까./ (중략) 가장 아름다운 만남은 손수건과 같은 만남이다/ 힘이 들 때는 땀을 닦아주고 슬플 때는 눈물을 닦아주니까.” 누구의 어떤 시인지는 몰라도 “손수건과 같은 만남”을 가져야겠다고 이 글의 뜻을 새기고 있는 독자들이 많을 것이다.

「노란 손수건」은 2000년에 간행된 정채봉의 시집 『너를 생각하는 것이 나의 일생이었지』에 실린 작품이다. 간암으로 세상을 떠나기 직전에 낸 처음이자 마지막 시집으로, 아픈 현실에 굴하지 않고, 아프기에 더욱 소중한 일상과 사랑, 간난 아기 때 세상 떠난 어머니에 대한 그리움 등을 애틋하게 담아내고 있다. 1990년대에 예쁜 그림이 곁들여진 「생각하는 동화」로 나라 안의 종이 값을 올려놓았던 정채봉의 작품은, “아름다움을 넘어선 샛별처럼 빛나는 보석”(조정래)이라는 평을 듣고 있을 만큼 읽을수록 마음이 밝아지고 따뜻해지며 긍정적인 생각을 하게 해주는 장점이 있다. 쉬운 언어로 간단명료하게 쓰는 글 속에 오래 생각하게 하고, 마음에 큰 울림을 주는 힘이 있다.

"병실에 환사들이 없게" 되는 날, "감옥에 죄수들이 없게 되는 날", 그리고 무엇 보다 "내 가슴 속 미움과 번뇌가/ 다 나가서 텅 비게 되"는 날은 우리들이 바라고 원하는 가장 이상적인 상태이지만, 그것이 실현되기는 불가능하다는 걸 우리 모두 알고 있다. 그래도 그 "이상"의 실현을 위해, 그 "이상"에 조금씩 다가가도록 한 발자국씩 떼어놓는 노력을 해야 한다는 걸 이 시는 얘기한다. 그래서 우리는 모두 시에 의해서, 자기 자신의 삶을, 내가 사는 이 세상을, 보다 높은 존재의 차원으로 끌어올리고자 하는 초월의 힘을 얻게 되는 것이다. 감성이 메마르고 공감능력이 떨어지며, 자기 생각밖에 못하는 삭막한 인간이 되지 않도록 하기 위해 유년시기부터의 시 교육, 인문학교육이 더욱 필요한 이유이다. "미움과 번뇌"로 인한 사건들이 하도나 많이 일어나는 아픈 현실 속에서 "시"로 인해 얻을 수 있는 마음의 정화, 사회의 정화를 기대해 보면서 새삼 그의 시를 읽어본다.

• • •

문인수

이것이 날개다

뇌성마비 중증지체 · 언어장애인 마흔두 살 라정식 씨가 죽었다.

자원봉사자 비장애인 그녀가 병원 영안실로 달려갔다.

조문객이라곤 휠체어를 타고 온 망자의 남녀친구들 여남은 명 뿐이다.

이들의 평균 수명은 그 무슨 배려라도 해주는 것인 양 턱없이 짧다.

마침, 같은 처지들끼리 감사의 기도를 끝내고

점심식사중이다.

떠먹여 주는 사람 없으니 밥알이며 반찬, 국물이며 건더기가 온데 흩어지고 쏟아져 아수라장, 난장판이다.

그녀는 어금니를 꽉 깨물었다. 이정은 씨가 그녀를 보고 한껏 반기며 물었다.

#@%, 0% · $&*%ㅑ#@!$#*? (선생님, 저 죽을 때도 와 주실 거죠?)

그녀는 더 이상 참지 못하고 왈칵, 울음보를 터트렸다.

$# · &@＼ · %, *&#…… (정식이 오빠 좋겠다, 죽어서……)

입관돼 누운 정식 씨는 뭐랄까, 오랜 세월 그리 심하게 몸을 비틀고 구기고 흔들어 이제 비로소 빠져나왔다, 다 왔다, 싶은 모양이다. 이 고요한 얼굴,

일그러뜨리며 발버둥치며 가까스로 지금 막 펼친 안심, 창공이다.

비로소 고요해진 그이의 삶

몇 년 전 프란치스코 교황이 한국인과 함께 행복한 100시간을 보내고 떠난 뒤 우리들 마음속에 여운이 오래 남았다. 도착하는 날부터 소형차를 타고, 특별히 가난하고 소외받는 사람들, 장애와 아픔이 있는 사람들의 곁에 서서 그들과 소통하고, 그들의 머리를 쓰다듬으며 강복하고, 그들의 볼에 입을 맞추고 눈을 맞추는 모습을 보면서 많은 깨달음을 얻었다. 방한 둘째 날 충북 음성 꽃동네를 찾아간 교황이, 상태가 어려운 환자일수록 더 많이 두 손으로 어루만지고 껴안고 이마에 입을 맞추는 장면을 보았다.

우리들 가까이에도 많은 장애인이 하루하루 힘겨운 삶의 시간을 견디고 있으며, 교황님처럼 아름답고 따뜻한 마음을 가진 많은 분들이 그들의 곁에서 헌신적으로 보살펴주고 있다.

"뇌성마비 중증지체 · 언어장애인" 라정식 씨는 "오랜 세월 그리 심하게 몸을 비틀고 구기고 흔들어" 나이 마흔 두 살에, 죽어서 비로소 "고요한 얼굴"이 되었다. 살아남은 이의 부러움을 받으며 "아수라장, 난장판"을 죽어서야 겨우 빠져나왔다.

"정식이 오빠 좋겠다, 죽어서…" 가슴 아픈 이 말을 들으며, 아무 죄 없이 평생 동안 견뎌내야 하는, 죽는 것이 차라리 더 나은 그들의 아픔에 대하여, 곁에서 그들을 보살피는 이의 노고와 숭고함에 대하여 새삼 마음 깊이 새기는 시간을 가져본다.

• • •

강 민

물은 속이지 않는다

물은 속이지 않는다
산은 속이지 않는다
지키는 이에게 축복을 내린다
푸른 마음 검은 마음
맑은 물 더러운 물
사랑으로 끌어올려 빗물로 내려주면
그 빗물 받아
생명의 원천으로 되돌린다

그대는 물이다
그대는 산이다
물과 산 한 몸 되어 살 섞고
땅 밑으로 흘러 흘러
샘물 실개천 늪으로 모이고 모여
산굽이 돌고 돌아서 강물 이룬다

산과 물은 한 몸이다
거기 다시 온갖 물고기 나무 풀포기

곤충 새 날고 기쁨으로 뛰는 짐승들
생명의 합창 있다
물은 씻어내는 것이다
산은 품고 정화하는 것이다
우리는 물이다
우리는 산이다, 자연이다

생명의 원천, 물과 산

손을 씻다가, 설거지를 하다가, 빨래를 하다가 문득 물에 대해 생각해본다. 물이 없다면, 생명을 지탱할 수 없다는 사실은 차치且置하고라도, 우리가 수시로 마음 놓고 씻을 수 있는 물이 없다면? 온갖 더러움과 찌꺼기를 어떻게 하며, 무엇에 씻어서 정화시킬 수 있을까?

사람 몸의 70%가 물로 이루어져 있다 한다. 음식을 못 먹어도 물은 마셔야 얼마동안 생명 연장이 가능하다. 법정스님은 "물, 너는 생명에 필요한 것이 아니라 생명 그 자체다"라고 했다.

둘레길을 걷다가, 집 근처 일자산을 오르다가 산에 대해 생각해본다. 산이 없다면, 저 산이 키우는 나무와 풀과 그들이 품어 키우는 새와 나비 다람쥐 너구리 여우와 곰과 호랑이 방아깨비 베짱이… 온갖 생명이 없다면?

인간은 과연 빌딩만 즐비한, 네모난 시멘트벽 딱딱한 도시 속에서 잘 살아갈 수 있을까? 따뜻하고 순화된 심성 없이, 날마다 메마른 생각만 하다가 모두 미쳐버리거나 우울증에 걸려버리지 않을까?

물과 산은 "한 몸 되어 살 섞고" 땅 밑으로 흐르고 샘물, 실개

천, 늪이 되어 “산굽이 돌고 돌아서 강물” 이루고 생명의 원천이 되어 온갖 것을 키워낸다.

“물은 씻어내는 것”이며 “산은 품고 정화하는 것이다” 우리는 산과 물에 의해 씻기고 정화되어 스스로 생명을 키우는 물이 되고 산이 되고 자연이 되어 오늘도 살아가고 있다.

• • •

김규화

이른 봄새

2월의 이른 봄새들이 북한산 자락에 좌악 깔렸다
초등학교 6학년 1반 아이들이
까르르까르르 새소리를 내며 북한산을 차오른다
담임선생님은 이따금 한마디를 한다
–비탈에서는 나무를 붙잡고,
 바윗부리를 딛고,
 차올라 날아라, 부지런히
아이들이 휩쓸고 지나간 자리에 화약 냄새 자우룩하고
나무는 진저리 치며 아이들의 손에서 잔가지를 털어낸다
그리고 눈엽을 틔운다

아이들은 “봄새”… 미래 향해 차올라라

아이들은 봄이다. 아이들은 봄새이다. 이른 봄 햇살이 화안하게 퍼지는 길이나 공원에서 혹은 가까운 고궁에서 유치원 어린이들이 노란 옷을 맞추어 입고 하나 둘, 하나 둘, 손잡고 나란히 걸어가는 모습을 보면 빙그레 미소 짓지 않는 사람이 없을 것이다. 지지배배 지지배배 지저귀는 새소리를 내며, 뭐라고 짝꿍과 귓속말을 하며, 웃으며, 찡그리며 걸어가는 아이들은 봄 그 자체이다. 희망이며 기쁨이며 미래이며, 우리 삶의 전부이다.

그 아이들이 조금 더 자라서 초등학교에 들어가고 또 조금 더 자라면 6학년, 초등학교의 최고 학년이 되어 조금씩 자아自我에 눈 뜨고, 새로운 단계로의 도약을 위해 퍼덕이며 날갯짓을 해댄다. 지금까지의 발걸음과는 조금 다른, 한 발 더 높은 곳으로 오르기 위해 새로운 배움과 결심이 필요한 그 아이들을 이끌고 선생님은 “북한산”엘 오른다. 산을 오르는 연습을 시킨다. “까르르까르르 새소리를 내며 북한산을 차오”르는 아이들을 보며 담임선생님은 한 마디씩 충고를 아끼지 않는다.

“비탈에서는 나무를 붙잡고,/ 바윗부리를 딛고,/ 차올라 날아라, 부지런히”

산을 오르는 것은 곧 삶을 오르는 것이다. 산의 작은 비탈을 오르면서 앞으로 인생의 구비마다 맞닥뜨릴 큰 산을 넘어갈 지혜를 배우고, 삶의 바다를 건너갈 힘과 끈기를 기르는 것이다. 저마다 자기의 길을 혼자서 가야하지만 그 길에는 손 내밀어 잡아줄 “나무”도 있을 것이고 딛고 올라설 받침돌도 있어서 외롭지는 않을 것이다. 들판에서 혼자 방황할 때에도 열린 마음으로 부지런히 찾으면, 충고를 얻고 길잡이 삼아야 할 무수한 사람이, 사물이, 책이, 역사가 곁에서 눈짓하고 있을 것이다. 앞서간 사람들이 닦아놓은 길가의 나무를 붙잡고 바윗부리를 딛고 부지런히 차오르고 날아오른다면 “눈엽”은 자라나서 지금까지 있어왔던 어떤 나무보다 큰 나무로, 세상을 떠받치는 든든한 바위로 자리매김할 수 있을 것이다. 지금 이 순간에도 “이른 봄새”들은 모두 부지런한 날갯짓으로 날아오르는 연습에 열심이다.

● ● ●

백창희

세종대왕 가라사대

타임머신 타고 21세기 우리 땅에
행차하신 세종대왕님

백성을 가르치려 만든 바른 소리
잘 쓰고 있나 궁금해
몰래 거리로 나오셨다

거친 말투와 욕설에
얼굴 찌푸리시다
오천만 백성들 손가락에 피어나는
핸드폰 문자꽃 보고
흐뭇한 미소 지으신다

"아래아(ㆍ)가 없어졌다 하여 슬퍼하였거늘
IT 강국 자랑하며 여러 문자를 만들고 있구나!"

전 세계 문자 올림픽에서 당당히
금메달 땄다는 소식 듣고
흡족한 미소로 긴 수염 쓸어내리신다

과학적이고 아름다운 한글이 IT 강국으로

1446년에 한글을 창제하고 반포하면서 그 창제 원리와 사용법을 설명한 책 『훈민정음』에 실린 "세종 어제서문御製序文"에는, 쉬운 글자를 만들어 백성이 저마다 쓰기에 편안하게 하고자 하는 백성 사랑 마음과 실용정신이 담겨 있다. 이 책의 끝에 있는 정인지의 「序」에도 "지혜로운 사람은 아침나절이 되기 전에 이를 이해하고, 어리석은 사람도 열흘 만에 배울 수 있다." "바람소리, 학의 울음, 닭울음소리나 개 짖는 소리까지도 모두 표현해 쓸 수 가 있다"고 하여 한글의 효율성과 간편성을 강조하고 있다.

우리 한글은 2009년 제1회에 이어 2012년 "제2회 세계문자 올림픽"에서도 금메달을 차지하여 "가장 쓰기 쉽고, 가장 배우기 쉽고, 가장 풍부하고 다양한 소리를 표현할 수 있는 문자"로 당당히 세계 1위를 차지하였다. ㆍ(아래 아)는 그 음가音價가 없어지면서, 조선어학회가 1933년 "한글 맞춤법 통일안"을 제정할 때 글자도 소멸되었는데, 최근에 와서 핸드폰 문자표에 부활하여 가획의 원리를 되살려 아주 효율적으로 여러 글자를 만들고 있다. 이처럼 한글은 어떤 문자보다도 입력이 편리하여 현대 정보화 사회에서 더욱 큰 힘을 발휘하고 있다. 최소한의 키보드

만으로도 편리하게 글을 쓸 수 있기 때문에 우리나라가 인터넷과 휴대폰이 발달하고 IT 강국이 되는 데에 큰 역할을 해왔다. 이렇게 편리하고 과학적이고 아름다운 우리 한글을 더 잘 살려서 세계적인 글자가 되도록 노력하여 국가 위상을 높이고 국민의 긍지로 삼아야 할 것이다. 아울러 일부 국민들 사이에 지나치게 난무하는 은어와 욕설을 좀 더 순화시키는 국민적 운동을 벌이고 기초교육을 다졌으면 한다. 그래야만 영화처럼 짠! 하고 "21세기 우리 땅에 행차하신 세종대왕"의 "흐뭇한 미소"가 온 국민의 미소로 번져갈 수 있을 것이다.

• • •

이보숙

시골 풍경

시골길로 나서보면 좋은 것들을 많이 만난다
오늘은 들판에서 깨를 털고 있는 할머니들을 만났다
머리에 흰 수건을 쓰고
나무 도리깨로 잘 익은 깻대를 연신 두들겨댔다
깨 냄새가 들판으로 퍼져나갔다

아 그리운 냄새
깻대 한 번 내리칠 때마다
자식들의 모습이 눈에 밟히시겠다
다음세대는 누가 이어갈까?
할머니들은 그저 웃는 얼굴로 열심이었다
두런두런 이야기를 이어가며 열심이었다
깨를 잘 말려서 도시에 사는
자식들에게 보낼 궁리가 있을 것 같았다

갑자기 내 어머니의 깻잎 장아찌가 먹고 싶다
흰 수건을 머리에 쓰고 아궁이 앞에서 군불을 지피던 어머니
혀를 날름거리던 빨간 불빛 앞에서 이어지던 이야기들,

아버지가 술에 취해 기생을 데리고 와 자고 있었다는
건넌방에 군불을 때며 어머니의 속이 얼만큼 문드러졌을까,
자꾸만 불을 때자 앗 뜨거라 도망쳤다지.

할미꽃처럼 하얀 할머니들 곁에서
갈대들이 바람을 타고 춤을 추고 있었다
갈대처럼 할머니들 곁에서 내가 춤을 추고 싶었다
그 곁에 그려 넣은 듯 빨간 백일홍 무리
시골의 햇빛은 따스하고 정다웠다.

가을날 들녘의 어머니 내음

가을날 들녘에서 흔히 만날 수 있는 풍경의 아름다움과 깊이를 시인의 눈이 읽어내고 있어서 우리들도 덩달아 복을 누린다. 들판에서 깨를 털고 있는 할머니들, "잘 익은 깻대를 연신 두들겨"대자 "깨 냄새가 들판으로 퍼져나"가고, 그리운 그 냄새는 어머니가 만들어주시던 깻잎 장아찌의 내음을 떠올리게 한다. "머리에 흰 수건을 쓰고" 깨를 털고 있는 할머니 모습에서 "흰 수건을 머리에 쓰고 아궁이 앞에서 군불 지피시던 어머니" 모습을 보게 된다. 그리고 어머니가 아궁이에 불을 때며 들려주시던 옛날 얘기-사실은 가슴 아픈 이야기이지만 이제는 다 지나간 일화처럼 무심히 들려주는 얘기를 떠올린다. 이제는 웃으면서 할 수 있는 지난 얘기이기에 "할머니들은 그저 웃는 얼굴로 열심"히 깨를 털고 그것을 잘 말려서 도시에 사는 자식들에게 보낼 궁리에 힘 드는 줄도 모른다. 할머니들의 이런 속마음을 다 알고 있는 갈대들이 곁에서 "바람을 타고 춤을 추고" "나"도 덩달아 춤을 추고 싶은 즐겁고 행복한 한나절이다. 일부러 그려 넣은 듯한 "빨간 백일홍 무리"까지 이 행복한 한 나절의 시간과 공간 속에 함께 웃고 있어서 시골의 햇빛은 한결 더 따스하고 정답다.

• • •

김석규

이팝꽃

어쩌려고 이러느냐 온 산 온 들에 허벅지게 피어나서
배고픈 줄도 모르고 쌀자루마다 다 풀어 흩뿌리니
깊은 골짜기 그늘 속으로 산나물 뜯으러 갔던 사람들
보따리 보따리 머리 무겁도록 이고 내려올 때
누가 저녁 짓는 연기 오르는 걸 보았다 하느냐
보리밭 사이로 만장도 하나 없이 지게에 얹혀 가는 날
뽀오야니 김 오르는 이밥 고봉으로 퍼담아서 줄 걸 그랬네
눈물로 다 젖은 치맛자락 또 앞앞이 말 못하고
하늘에 가서도 목청 피 터지는 뻐꾸기가 되었나

뻐꾸기도 때맞춰 구슬프게 울어

이밥에 고깃국 한 그릇 먹으면 죽어도 여한이 없겠다던 시절이 있었다. 지금은 그것이 비만을 부르고 오히려 건강을 해치는 요소가 되어 다이어트하다가 거식증에 걸려 죽었다는 뉴스에 놀라지도 않는 세상이 되었다.

먹을 것이 없어, 자식들 입에 넣어줄 쌀 한 톨이 없어, 산골짜기 골짜기마다 산나물 뜯으러 갔던 사람들이 “보따리 보따리 머리 무겁도록 이고” 와서 풀죽을 끓여 연명하던 오뉴월 보릿고개에 이팝나무는 이밥 같은 흰 꽃을 푸지게 가득 피우고 서 있다. 알탕갈탕 한 많고 애 터지는 삶을 마치는 날 “만장도 하나 없이 지게에 얹”어 사랑하는 가족을 보내고도 “앞앞이 말 못하고” 살았다. 누구에게 속 시원히 털어놓지도 못하는 그 사연이 한이 되어 “하늘에 가서도 목청 피 터지는 뻐꾸기가 되었나” 이팝꽃 피는 날이면 뻐꾸기도 때맞춰 구슬프게 울어쌓는다.

“산천초목 징그럽게도 푸르러” 오는 날이면 쌀자루 풀어 흩뿌리듯 무덕무덕 피어나는 그 꽃을 바라보는 마음속에 가난하고 힘겨운 삶을 살다간 이 땅 많은 민초들의 삶에 대한 이해와 사랑과 안타까운 측은지심이 가득하다. 장면 장면이 속도감 있게 단편적으로 제시되어 있어, 절박하고 절실했던 선조들의 삶이 더욱 실감나게 감동적으로 다가온다.

• • •

신달자

저 허공도 밥이다

겨울 강물 속을 콕콕 찍어
먹이를 삼키는 오리들
그 옆 들판 마른 풀섶에서는
이른 봄을 꼭꼭 찍어먹는 새떼들
그 아래 구멍 뚫린 흙 속에서는
밥 짓는 개미들이 분주하다
낮은 산야를 휘돌아
나무둥지 새끼들의 입 속으로 돌진하는
어미 새의 입에는
따뜻한 들판 한 가닥 물려 있지만
수북한 밥상이 통으로 끌려간다
어디 밝음 속에서만이랴
어디서나 고봉으로 늘려있는 어둠을
쪼아먹는 새떼들 있어
드디어 새벽빛이 흐른다
배고픈 솟대들이여!
저 허공도 밥이다
하늘 아래선 배곯지 마라

바위틈새 어린 풀씨 하나도 어제보다 더
자라있다.

그대들이 있어 지구는 돌고

우리를 살게 하는 것은 무엇일까? "나무둥지 새끼들의 입속으로 돌진하는/ 어미 새의 입"에 물린 것은 "수북한 밥상"이지만, 어미 새의 지극한 사랑 없이는 그 수북한 밥상도 그림의 떡이 될 수밖에 없다. 겨울 강물 속을 콕콕 찍어먹는 오리도, 마른 풀섶을 뒤져서 이른 봄을 꼭꼭 찍어 먹는 새떼도, 구멍 뚫린 흙 속에서 분주하게 밥 짓는 개미들도 모두 누구를 위해 밥을 짓고, 무엇을 위해 생명을 영위하는 것일까?

눈에 보이는 뭇 생명들뿐만 아니라 보이지 않는 뭇 생명들과 그들의 기운이 우주에 충만해 있기에, 고봉으로 늘려있는 어둠 속에서도 그 어둠을 쪼아 먹는 새떼들이 있기에 드디어 새벽이 오고 우주는 질서정연하게 제각기 자기 궤도를 빈틈없이 지켜가는 것이리라. "바위틈새 어린 풀씨 하나"도 성실하게 생명의 본분을 지켜가기에, 허공에서도 생명의 기운을 길어 올려 "저 허공도 밥"이 되는 것이리라.

하늘 아래서 땅 위에서 삶을 영위하는 지고지순한 생명들이여, 그대들이 있어 지구는 돌고 우주는 어둠 속에서도 빛 속에서도 이토록 가슴 아픈 설레임을 주는 것이리.

• • •

박정희

글씨가 떠 있다

햇살 속에
들길이 열리고
맨 땅에
글씨가 떠 있다

날 사랑한다고
널 사랑한다고

풀밭 속에
햇살이 쏟아져
뼈가 편안한 대낮
글씨가 꼿꼿이 떠 있다

어디선가
누구인가

우리를 사랑한다고
햇살 속에
반짝
글씨가 떠 있다

받은 사랑 갚기 위해 움트는 생명

요즘은 반짝이는 햇살이 손짓해서 더 이상 방 안에만 있을 수가 없다. 명주실꾸리 같이 풀리는 저 부드럽고 간지러운 햇살 — 땅 속에, 하늘에, 허공에, 공기 속에 무수히 떠도는 뭇 생명들을 모두 불러 땅 위에 솟아오르는 새싹으로 움트게 하는 요술사인 봄 햇살…

겨우내 죽은 듯 껍질 속에서 숨도 쉬지 않고 뱃속의 물관부도 다 비운 채, 하늘에 두 손 뻗어 기도만 하던 나무에 어느새 새순 돋고, 잎도 나지 않은 뜰의 매화 가지는 고운 꽃망울 벙글 채비 한창이다. 들길은 들길대로 아른아른 아지랑이 피어오르고 개울가에 버들강아지도 복슬복슬 몸피를 불리고 있다.

저 많은 생명들은 어디에 숨어 있다가 이 봄 햇살 앞에 화들짝 모습 드러내어 제각기 제 목소리로 뜨거운 목숨을 노래하고 있을까.

봄 햇살 속에 나서서 가만히 귀 기울이면 가만가만 속삭이는 그들의 목소리가 들려오고 얼음 풀려 부드러운 땅을 잘 살펴보면 그들이 써 놓은 글씨가 선명하다.

"날 사랑한다고/ 널 사랑한다고"

생명 있는 모든 존재들이 그 목숨을 영위할 수 있게 하는 것은 오로지 "사랑"이다. 그러기에 "풀밭 속에" 쏟아지는 햇살도 글씨가 되어 꼿꼿이 떠 있다. 어디선가 누구인가 분명히 알지는 못해도 햇살 타고 들려오는 그 목소리, 모두모두 사랑한다고, 사랑은 생명 있는 만유萬有의 양식이라고, 그 양식을 먹고 우리 모두 서로서로 사랑하고, 지금까지 받아온 그 모든 사랑을 되돌려 갚으면서 지금까지 목숨을 부지하고 있는 것이라고… 그동안 받아온 고마운 사랑 모두 갚기 위해 앞으로도 봄 햇살은 들길에, 풀밭 위에, 강물 위에 반짝이며 내려쬐고 우리들은 오늘치의 사랑의 샘을 열심히 파 나가는 것이라고…

• • •

신규호

술래가 되어 공룡을 찾다

바닷가 바위 속에 숨겨놓은 알 몇 개의 흔적만 들켰구나. 일억 년 전 내가 술래였을 때, 찾지 못한 어미 공룡, '코리아케라톱스 화성엔시스'가 알만 몇 개 낳고 사라졌구나. 내가 술래 되어 '꼭꼭 숨어라, 발가락이 보인다'를 외쳐온 일억 년의 세월이, 바다가 보이는 코리아의 거대한 바위 속에 알 몇 개만 낳아 놓고 어디로가 무슨 꿈을 꾸며 숨어 있는가. 2014년 햇살 따뜻한 봄날, 노랗게 핀 개나리가 그리워 찾아 헤매던 날, 일억 년은 화석이 된 채 깨어진 알 몇 개의 흔적으로만 남았구나. 사라진 코리아케라톱스 화성엔시스여, 다시 알에서 깨어나와 술래에게 일억 년 전 네 모습을 보여 다오. 너에게 일억 년은 찾지 못할 아득한 세월이지만, 나에게 일억 년은 지금 여기 소용돌이 치고 있는 '한 순간'에 불과하구나. 숨어 있는 어미 공룡 코리아케라톱스 화성엔시스여

아득한 세월 추구해온 이데아의 꿈

인류가 언어를 사용하고 "생각"이라는 것을 하기 시작하면서부터 인류는 항상 무언가를 찾아 헤매어 왔을 것이다. 눈앞의 현실 너머 이상향을 꿈꾸고, 실현되지 못할 것을 알면서도 완벽한 이데아Idea를 추구해왔다. 마음속에 언제나 커다란 이상을 품고 이것 아닌 저것을 꿈꾸고, 지금 아닌 다른 시간과 공간을, 불완전한 현실과는 다른 세계를 꿈꾸고 갈망하는 것이 인류이다. 그가 처해있는 세계가 누추하고 남루하면 그럴수록 그 꿈은 더욱 커지고 깊어지고 간절해져, 나날이 발전하는 인류문화와 문명을 형성해왔다. 눈앞에 형상으로 실현되는 도시와 문명과 기계와 편리함을 낳았을 뿐만 아니라 더러 어떤 꿈은 종교를 낳고, 어떤 꿈은 철학을 낳고, 예술을 낳고 문학을 낳았다.

지금 화자는 코리아라는 작은 나라의 바닷가에서 발견된 공룡알의 화석을 보며, 아득한 그 시간 동안 찾지 못한 "코리아케라톱스 화성엔시스"를 찾으려고 일억 년 동안 헤매는 술래가 되었다. 그가 일억 년 동안 찾으려고 애써 온 것은 무엇일까. "일억 년"은 계량할 수 없는 "아득한 세월"이기도 하고 소용돌이치고 있는 "한 순간"에 불과하기도 하다. 인간의 생각에 따라 바뀌는 카이로스kairos의 시간 속에 우리는 전혀 체험해 보지 못한 번 시공간을 순식간에 체험하기도 하고, 거대한 생명의 꿈, 실현할 수 없는 이데아의 꿈을 일생동안 아니, 대대로 물려받아 추구하며 살아왔다. 그 꿈을 우리에게 다시 꾸게 해주는 "알 몇 개"가 지금 우리 앞에 놓여 있다. 그 꿈은 "2014년 햇살 따뜻한 봄날"을 넘어서 인류가 존속되는 한 영원히 지속되며 우리의 영혼을 남루한 현실로부터 들어 올려 고양시켜줄 것이다.

3부

• • •

조병무

지하철에서

땅 속 핏줄기 따라
어둠이 흘러가는 길

차창 밖 그림자 거친 물 흐르듯
달리는 속도에 안겨
유리창에 그려지는 수많은 얼굴

하나가 사라지면
또 하나가 사라지고
하나가 끼어들면
또 하나가 끼어드는
알 수 없는 만남과 헤어짐

마음 살며시 움직여
따라나서다 멈칫하는 순간

땅 속 핏줄기의 요동소리에
멈추어 버린 창틀 사이로

정지된 얼굴과 얼굴

세상은 창백한 표정에 몰려
누구 하나
자신의 모습이 어디 있는지 모른다.

창백한 지하철 표정 현대인의 삶

현대인들은 만남을 위하여, 일을 위한 이동을 위하여, 하루의 많은 부분을 지하철에서 보내는 일이 많다. 마치 사람 몸에 핏줄이 흘러서 그의 생명을 유지해주고 활동을 할 수 있게 해 주듯이, 대도시에는 지하철이 땅 속에서 이곳과 저곳을 연결해주는 "핏줄기"가 되어 도시가 활기차게 움직일 수 있도록 기능해 주고 있다. 우리는 때때로 지나치게 얽혀있는 복잡한 환승역에서 방향감각을 잃어버리고 헤매기도 한다. 마치 땅 위의 세상이 있는 것을 잊어버리기라도 한 듯이 땅 속 세상에서만 시간을 보내는 사람들도 많이 있다.

지하철을 타고 가다 보면, 낮이거나 밤이거나 창밖이 어둠에 싸여 시야에서 단절되어 있기에 지하철 안이 또 다른 세상살이의 축도를 보여준다. 예고 없이 나타났다가 또 예고도 없이 헤어지고 사라지는 것이 지하철 안의 풍경이며, 이것이 또 우리들 삶의 모습이다.

어쩌다 "마음 살며시 움직여" 따라 나서보기도 하지만 "정지된 얼굴과 얼굴" 표정 없는 그 얼굴들에 밀려서 마음은 어디로 가버리고 고속으로 달리는 삶의 속도만이 요동치고 있다. 특히 요즈음에는 스마트폰에만 코를 박고 있는 얼굴들이 만들어내는

"창백한 표정에 몰려" 우리들의 참된 모습은 어디서 찾아야 할지 난감하기도 하다.

1913년 에즈라 파운드Ezra Pound는 『시poetry』지誌에 실린 시 「지하철 역에서」에서 "군중 속에서 홀연히 나타난 이 얼굴들/ 축축한, 검은 나뭇가지 위의 꽃잎들"이라고 하여 파리의 꽁꼬르드 지하철에서 본 아름다운 얼굴들을 "꽃잎"에 비유하고 있는데 비해, 21세기 오늘의 지하철 군상의 상징은 "창백한 표정"으로 시 전체가 어두운 이미지를 지니고 있어서 "지하철 인생"이라 해도 과언이 아닌 현대인의 삶을 새삼 돌아보게 한다.

• • •

이태수

먼 불빛

왜 이토록이나 떠돌고 헛돌았지
남은 거라고는 바람과 먼지

저물기 전에 또 어디로 가야 하지
등 떠미는 저 먼지와 바람

차마 못 버려서 지고 있는 이 짐과
허공의 빈 메아리

그래도 지워질 듯 지워지지 않는
무명無明속 먼 불빛 한 가닥

떠돌고 헛도는 삶에 한 가닥 불빛

우리들 한 살이를 한 마디로 말하자면 "떠돌고 헛도는" 것이라 할 수 있지 않을까.

젊은 날에는 꿈도 크고 야망도 크고, 열심히 살다 보면 내가 저 나이쯤에는 무언가 이루어도 크게 이루리라, 자신감도 자만심도 있었는데……

막상 살아보면, 어느 정도 나이를 먹어 살아온 날과 살아갈 날이 비슷해질 때쯤이면, 아니, 힘들게 고갯길 올라와 이제 내려갈 일만 남았다는 자각에 이를 때쯤이면, 인생이란 뜻대로 되는 게 아니로구나, 내가 그 젊은 나이에 왜 그토록 무모했던가 하는 깨달음이 어깨를 툭툭 친다.

그러나 그렇지만, 이제 남은 것이 쓸모없는 먼지와, 나를 한평생 떠돌게 하는 바람뿐이라 해도 아직도 나를 부여잡고 있는 그 짐을, 그 꿈을 훌훌 털어 버리고 잊어버려서는 안 되리라.

이토록 "떠돌고 헛도는" 한 생애에 그래도 위안이 되는 것은 "허공의 빈 메아리" 같은 꿈 한 조각 있고 "무명無明 속"에서도 우리를 밝음明으로 인도해주는 "먼 불빛 한 가닥"이 있음이다. 그 불빛을 위안 삼아 다시 또 떠돌고 헛도는 발길이지만 날이 저물기 전에 새롭게 새 길을 찾아 뚜벅뚜벅 걸어야 하는 사막의 낙타 같은 우리들의 삶이여.

• • •

김민정

영동선의 긴 봄날 3

— 철로변 아이의 꿈

자욱한 안개 속에
보슬비가 내리면

굴뚝 옆에 앉아서
생솔 연기 맡으며

십리 밖
기적소리에도
마음은 그네를 타고

여덟 시 화물차가
덜컹대고 꼬릴 틀면

책보를 둘러메고
오릿길을 달음질쳐

단발의
어린 소녀가
나폴대며 가고 있다

나를 부르던 그 기적소리

비가 내리면 삼십 리 밖에서도 기적소리가 들려왔다.

"생솔 연기 마시며" 소죽을 끓이다가 먼 데서 나를 부르는 소리인 양, 들릴 듯 말 듯 기적소리 울려오면 어린 마음 얼마나 떠나고 싶었던가.

철로변에서 자란 아이가 학교에 가는 아침, "여덟 시 화물차가/ 덜컹대며 꼬릴" 틀어도 버스는 멀리서 먼지를 일으키며 지나가 버리고, 아이는 엄마가 만들어주신 보자기에 책을 싸서 둘러메고 산을 넘고 내를 건너서 달음질쳐 학교에 갔다. 단발머리 나폴대며 오리 길 십리 길을 달음질쳐 학교 갔다 오는 길, 고갯길 옆에서 반기는 진달래 따 먹으며 허기를 달래고, 연한 새 잎이 돋아나 햇살과 눈맞춤하는 걸 보면서 생명의 신비에 눈 떠갔다.

오늘도 그 철로변에는 자욱한 안개 속에 보슬비가 내리고 생솔 타는 매캐한 연기 속에 십리 밖 기적소리는 "떠나라, 떠나라"고 단발머리 어린 소녀를 불러내고 있을게다.

• • •

이정록

뒷짐

짐 꾸리던 손이
작은 짐이 되어 등 뒤로 얹혔다
가장 소중한 것이 자신임을
이제야 알았다는 듯, 끗발 조이던
오른손을 왼손으로 감싸 안았다
세상을 거머쥐려 나돌던 손가락이
자신의 등을 넘어 스스로를 껴안았다
젊어서는 시린 게 가슴뿐인 줄 알았지
등 뒤에 양손을 얹자 기댈 곳 없던 등허리가
아기처럼 다소곳해진다, 토닥토닥
어깨 위로 억새꽃이 흩날리고 있다
구멍 숭숭 뚫린 뼈마디로도
아기를 잘 업을 수 있는 것은
허공 한 채를 업고 다니는 저 뒷짐의
둥근 아름다움 때문이 아니겠는가
밀쳐놓은 빈손 위에
무한 천공의 주춧돌이 가볍게 올라앉았다

둥근 아름다움-열린 집을 위하여

그게 그렇구나. 젊어서는 급한 마음에 세상을 다 거머쥐려고 앞으로 앞으로만 내달리더 손이, 어느 때 쯤이면 저절로 깨닫게 되는 것이구나. "시린 게 가슴 뿐"이 아니라는 것을, 아무리 발버둥 쳐도 그 누구도 안아줄 수 없는 자기를, 양 손을 돌려서 스스로 껴안아주어야 한다는 것을!

그렇게 스스로를 안아주는 그 행위야 말로 "허공 한 채"를 가볍게 업고 다닐 수 있는 무한천공의 넓디넓은 마음의 힘이라는 것을!

나이가 들면 뼈마디만 구멍 숭숭 뚫리는 게 아니고 가슴도 머리도 모두 구멍 숭숭 뚫려 바람이 제 집 드나들듯 휘몰이치는 것을 스스로 달래고 안아주어, 마침내 무한천공도 우주도 다 업고, 사람도 자연도, 그 중 가장 사랑스럽고 미래의 희망이 얹혀 있는 "아기"도 잘 업을 수 있도록 "둥근 아름다움"의 집 한 채가 되어야 하는 것이로구나.

얼마나 마음을 닦고 비워야, 아집에 찌들린 "막힌 집"이 아니라 "허공 한 채" 업고 다니는 아름다운 뒷짐의 "열린 집이 될 수 있을 것인지……

• • •

김현숙

풀꽃으로 우리 흔들릴지라도

우리가 오늘 비탈에 서서
바로 가누기 힘들지라도
햇빛과 바람 이 세상 맛을
온몸에 듬뿍 묻히고 살기는
저 거목과 마찬가지 아니랴

우리가 오늘 비탈에 서서
낮은 몸끼리 어울릴지라도
기쁨과 슬픔 이 세상 이치를
온 가슴에 골고루 적시며 살기는
저 우뚝한 산과 무엇이 다르랴

이 우주에 한 점
지워질 듯 지워질 듯
찍혀 있다 해도

웃음소리 하도 청맑아서

오래 전 설악산 대청봉 오르는 길의 양 옆에 피어 있던 자잘한 풀꽃들이 지금도 마음속에서 흔들리고 있다.

하필이면 높고 비탈진 곳에 자리 잡아, 햇볕도 잘 받지 못하고 시시때때로 바뀌는 안개비 바람 맞으며, 누가 보아주지 않아도 스스로 가슴 열어 살아 있음의 환희를 노래하던, 애잔한 그러나 당당한 그들의 몸짓이…

길을 가다가 문득 어떤 건물의 지하실 창에서 흘러나오는 불빛을 보며 걸음을 멈출 때가 있다. 어떤 날은 그곳에서 새어나오는 아이들의 높은 옥타브 웃음소리가 하도 청맑아서…

광막한 우주에 "지워질 듯/ 지워질 듯" 하나의 점으로 존재한다 해도 "나"는 행복과 불행, 사랑과 자유, 기쁨과 슬픔 그 모든 것을 인식하고 음미하는 주체이기 때문에 우주보다 더 소중한 존재인 것이리라.

● ● ●

서정주

부활

내 너를 찾아왔다. 유나臾娜. 너 참 내 앞에 많이 있구나 내가 혼자서 종로鐘路를 걸어가면 사방에서 네가 웃고 오는구나. 새벽닭이 울때마닥 보고 싶었다…… 내 부르는 소리 귓가에 들리드냐. 유나臾娜, 이것이 몇 만시간萬時間 만이냐. 그날 꽃상여喪輿 산山 넘어서 간 다음, 내 눈동자 속에는 빈 하늘만 남더니, 매만져 볼 머리카락 하나 머리카락 하나 없더니, 비만 자꾸 오고…… 촛燭불밖에 부엉이 우는 돌문을 열고 가면 강江물은 또 몇 천린지, 한번 가선 소식 없던 그 어려운 주소에서 너 무슨 무지개로 내려왔느냐. 종로 네거리에 뿌우여니 흩어져서, 뭐라고 조잘대며 햇볕에 오는 애들. 그중에도 열아홉 살쯤 스무 살쯤 되는 애들. 그들의 눈망울 속에, 핏대에, 가슴속에 들어앉아 유나! 유나! 유나! 너 인제 모두 다 내 앞에 오는구나.

모두 다 부활하여 오신다

사랑하는 마음이 그득하니 지극하면 언제 어느 곳에서고 사랑하는 사람을 볼 수 있고 만날 수 있다. 설령 사랑하는 이가 꽃상여를 타고 아주 멀리멀리 떠나버렸다 할지라도 지극한 사랑은 유계幽界에서도 그 사랑을 불러올 수 있는 것이리라.

얼마나 보고 싶고 그리웠으면 밤이면 밤마다 잠 못 이루고 전전반측 뜬 눈으로 지새우다가 새벽닭이 울 때면 더욱 보고 싶어 가신님을 소리쳐 불러 보는 것이랴.

그 지극, 지순한 사랑에 보답하기 위해 마침내 부활하여 돌아오는 사랑, 그것도 단 한 사람으로서가 아니라 "종로 네거리에" 조잘대며 오는 아이들의 눈망울 속에, 핏대에, 가슴 속에 들어앉아 모두 다 내 사랑으로 다가오고 있는 기적이 일어나는 것이다.

고등학교 때 멋쟁이 시인이신 작문 선생님이 그윽한 목소리로 읊어 주시던, 1941년에 출간된 미당의 첫 시집 『화사집花蛇集』 맨 마지막 페이지에 실려 있는 이 시를 지금도 나는 즐겨 낭송한다. 시인으로 추천하여 문단에 내보내시며 "한국에서만 좋은 시인이 되지 말고" 세계적으로 좋은 시인이 되라고, 혜초(慧超, 蕙草)보다 먼저 있으라고, 혜란蕙蘭보다 더 향기롭고 고결하라고, 본명인 혜선惠仙의 소리는 그대로 살리고 뜻만 다른 글자로 혜선蕙先이라는 호를 지어 주신 미당 스승을 생각하며 이 시를 읊으면 어느새 그 분이 내 앞 가득 나타나서 빙그레 미소 지으신다. 그 시선詩仙의 미소를! 내 가까이 있는 모든 분이 다 스승님이고 부처님이고 하나님이시다. 모두 다 부활하여 오신다.

• • •

유치환

바위

내 죽으면 한 개 바위가 되리라
아예 애련愛憐에 물들지 않고
희노喜怒에 움직이지 않고
비와 바람에 깎이는 대로
억 년 비정의 함묵緘默에
안으로 안으로만 채찍질하여
드디어 생명도 망각하고
흐르는 구름
머언 원뢰遠雷
꿈꾸어도 노래하지 않고
두 쪽으로 깨뜨려져도
소리하지 않는 바위가 되리라

죽어서도 버릴 수 없는 애련과 사랑

청마 유치환 시인의 탄생 110주년이 지났다.

물 맑고 풍광 아름다운 경남 통영의 한약국집 둘째 아들로 태어나 "행이불언行而不言"하시는 아버지 아래서 유교적 가풍을 몸에 익힌 그로서는, 시인의 다정다감한 정서와 넘치는 사랑의 감정을 "중용中庸의 도"로 다스리기엔 너무 벅차 스스로 이율배반을 느낀 적이 많았으리라. "의지의 시인, 관념적 시인, 애국의 시인"으로 알려진 그의 또 다른 한 면에는 지극한 사랑을 노래한 "사랑의 시인"이 자리하고 있다. 현실에서 이루지 못할, 그래서 절제할 수밖에 없는 사랑의 감정을, 죽어서라도 절제하여 보려고 시인은 "내 죽으면 한 개 바위가 되리라"하고 노래했던 것이 아닐까. 아니, 역설적으로 말해서 죽어서까지도 절제하기 어려운 "애련과 희로애락, 생명에 대한 지극한 사랑"을 고백한 시로 보아야 하리라.

평소에도 과묵하고 술을 마셔도 한 점 흐트러짐 없던 그의 내면에는 이처럼 절절한 사랑이 들끓고 있었다. "사랑하는 것은/ 사랑을 받느니보다 행복하나니라"라고 노래한 "행복"이라는 시 한 편만 보아도 그의 사랑이 얼마나 깊고 지극한 것이었던지 알 수 있다.

사람 사이에서 치이고 부대끼며 사랑과 희로애락을 일상으로 안고 살아가는 우리들, 때로는 그 감정들이 힘겨워서 죽어서는 이 모든 것 다 내려놓고 "한 개 바위"가 되고 싶은 때가 있다. 그러할 때 이 시가 다가와 우리마음을 쓰다듬어 위무해주리라. 우리는 비로소 "죽어서"가 아니라 "살아서"도 바위처럼 묵묵히 주어진 분수대로의 삶을 끌어안고 걸어갈 수 있는 힘과 평안을 얻을 수 있으리라.

● ● ●

길릴 지브란 Khalil Gibran

함께 있되 거리를 둘지어다

함께 있되 거리를 둘지어다.
그래서 하늘 바람이 그대들 사이에서 춤추게 하기를!

서로 사랑할지어다
그러나 사랑으로 얽어매지는 말지어다
그대들 영혼의 두 언덕 사이에 뛰노는 바다가 있게 할지어다

사랑에게 바다를

칼릴 지브란(레바논 출생, 미국시인)의 시집『예언자』중 “결혼”에 대한 시이다.

우리 모두 사랑으로 하루하루를 살아가고 있다.

러시아의 대문호 레오 톨스토이가 “사람은 무엇으로 사는가”에서 던지는 물음처럼 사람은 모두 사랑으로 밥을 먹고 사랑으로 옷을 입고 사랑의 집에서 살아간다. 새끼 원숭이의 실험에서도 나타난 결과이지만 사랑이 없이는 인간은 물론이고 동물조차도 살 수가 없다.

그러나 우리들은 “사랑”이라는 이름 아래 서로 상대방을 구속하고 독점하려고 한다. 사랑이 아니고 욕심이다. 얼마나 많은 남편과 아내들이 서로 사랑한다고 믿으면서 기실은 사랑이라는 감옥을 만들어 상대방을 구속하고 상처를 주고 자신도 스스로 갇혀서 아프고 괴롭게 살아가고 있는가?

사랑하되 상대방의 영혼을 믿고 이해하고 존중할 것, 사랑하는 사람에게 저 파도가 철썩이는 바다처럼 크나큰 자유를 줄 것. 이것이 사랑이라는 나무를 물 주어 더 푸르게 키우는 진리가 아닐까. 신뢰와 자유 속에서 자라나는 사랑은 마주 잡은 두 팔 안에 전 우주를 감싸 안을 수 있는, 우주보다 더 큰 새로운 사랑을 낳을 것이다. 그 사랑 안에서 생명 있는 모든 것들은 행복할 것이다.

• • •

한용운

사랑하는 까닭

내가 당신을 사랑하는 것은 까닭이 없는 것이 아닙니다.

다른 사람들은 나의 홍안紅顔만을 사랑하지마는 당신은 나의 백발白髮도 사랑하는 까닭입니다.

내가 당신을 그리워하는 것은 까닭이 없는 것이 아닙니다.

다른 사람들은 나의 미소만을 사랑하지마는 당신은 나의 눈물도 사랑하는 까닭입니다.

내가 당신을 기다리는 것은 까닭이 없는 것이 아닙니다.

다른 사람들은 나의 건강만을 사랑하지마는 당신은 나의 주검도 사랑하는 까닭입니다.

사랑 때문에 사랑할 수밖에 없는

당신은 당신의 사랑하는 이를 무슨 까닭으로 사랑하는가?
그의 아름다운 미소?
아름다운 자태?
세상을 바꿀 것 같은 그의 능력?
나를 넉넉하게 해 줄 것 같은 그의 재력?

까닭이 있어서 사랑하는 것은, 계산하고 줄자로 상대방을 이리 저리 재어보고 사랑하는 것은, 그 조건이 바뀔 때 깨어지고 사라질 수밖에 없는 사랑이다. 그것은 사랑의 허울을 쓴 자기 합리화일 뿐이다.

만해 시인은 "사랑하는 까닭"이라 제목을 붙였지만, 실상은 "까닭 없"는 사랑, 무조건적인 사랑, 절대적인 사랑에 대한 반어적인 표현이다. 상대방이 나를 "홍안에서 백발까지" "미소에서 눈물까지, 고통까지" "건강에서 주검까지" 따지지 않고 계산하지 않고 전부를 사랑하는, 운명으로 받아 안을 수밖에 없는 사랑예찬이다. 그것이 사람이거나, 조국이거나, 절대적인 진리이거나 그 어느 것이든, 사랑에는 "사랑" 외에 다른 까닭이 없는 것이다.

사랑이여! 까닭 없이 어느날 운명처럼 나에게 오는 사랑이여, 오직 사랑 때문에 사랑하는 모든 사랑하는 이들에게 축복 있을지어다.

• • •

신 협

비빔밥 시대

핸드폰은 비빔밥이다. 스마트폰도 비빔밥이다.
내 얼굴도 집어넣고 네 얼굴도 집어넣고,
태평양도 집어넣고 히말라야도 집어넣고,

여기는 달나라, 따르릉, 따르릉, 전화벨이 울린다.
보이느냐 들리느냐, 웰빙시대, 비빔밥 시대
네 배 속엔 내비게이션, 뮤직홀이 들었으니,
이왕이면 영화관도, 수술실도, 컴퓨터도 다 넣고보자.

한 길로 손잡고 가라는 네비게이션

보리밥에 푸성귀 넣고 된장 넣고 도라지나물에 버섯볶음, 콩나물에 고사리나물, 쇠고기에 계란부침, 고추장에 참기름으로 썩썩 비벼먹는 비빔밥. 영양 많고 맛있는 웰빙식품으로 세계에서 각광 받고 있다는 소식 뒤에, 꼭 하나 더 듣고 싶은 소리가 있다. 태평양도 집어넣고 히말라야도, 달나라도 집어넣어, 세계가 한 덩어리 비빔밥으로 맛있게 비벼져서 71억 인구의 밥상에 올려져 배고픈 이 없고 다투는 이 없이 하나 되었다는 소식은 언제면 들을 수 있을까?

아니, "세계"까지 갈 것도 없다. 우리나라, 우리민족 모두 비빔밥 되어 갈등 없고 분열 없는 맛있는 비빔밥 될 수는 없는 것일까?

예로부터 우리민족은 따뜻한 온돌방에서 이불 한 자락 안에 온 식구가 어깨를 부비며 살을 맞대고 자고 깨었다. 한겨울 찬바람에 발갛게 볼이 얼어서 들어서는 방 아랫목에 펴놓은 이불 속으로, 여러 형제들이 발을 집어넣고 서로의 따뜻한 온기를 나누며 살아왔다. 너와 나, 내 편 네 편 가리지 않고, 너의 일, 나의 일 가리지 않고 두레로, 품앗이로 서로 도우며 하나 되어 살아온 민족이다.

이제는 더 잘 살게 되어 스마트폰 속에 "내 얼굴 네 얼굴"을 집어넣고 보고 싶을 때마다 꺼내보며 사랑을 표현하고 확인하는, 달나라 별나라도 갈 수 있는 시대에 우리는 살고 있다. 이러한 비빔밥 시대에 누구나 들고 손에서 놓지 않는 스마트폰의 배 속에 네비게이션이 들어 있으니 우리는 길을 잃을 염려가 없다. 길을 가리키는 등대인 네비게이션, 모든 인류가 방향지시등을 따라 다투지 말고 한 길로 손잡고 가라는 비빔밥 시대에, 우리도 새해부터는 한 그릇 비빔밥 속에서 하나 되는 사회, 화합하는 정치, 하나 되는 국민이 되면 참 좋겠다.

큰 무쇠 솥에 온갖 재료를 골고루 집어넣고 큰 주걱으로 썩썩 비벼 한 그릇 가득 담아주시던 어머니가 그립다. 고소하게 퍼지던 참기름 내음이, 맵싸한 고추장 맛이, 온 동네 사람들 모두 나와서 한 마음 되어 일손 도와주던 그 바심마당이 그립다.

● ● ●

권정남

물푸레나무 사랑법

설악산 비선대 옆 오래된
물푸레나무를 만났네.
나무는 가슴에 이름표를 달고
사람들이 흘린 말소리 발자국소리에
혼탁해진 물을 지켜보고 있다네
어둠이 깊어지면 물푸레나무는
물·푸·레·물·푸·레
비선대 물속 깊숙이 푸른가지를 내려
가슴에 잎사귀를 달아주며 새벽마다
물을 푸르게 키우고 있다네

나의 팔이 지친 너의 가슴에 닿아
너의 몸에 푸른 잎을 달아준다면
우리들 영혼이 푸른빛으로
세상을 눈부시게 한다면
물푸레나무가 비선대 바위틈에서
천 년 지킴이가 되어
물·푸·레·물·푸·레

사랑하는 이 가슴에 푸른 잎사귀를
달아주는 일이라는 걸
설악산 비선대를 오르다가
오늘 우연히 만난 물푸레나무한테
사랑법을 배웠네

그대 영혼을 맑혀주리라

오월은 푸른빛으로 가득 차 있다. 하늘도 푸르고 물도 푸르고 나무도 풀잎도 모두모두 푸르러서 그 속에서 살아가는 우리들 마음도 덩달아 푸르다.

우리들 마음이 푸른 것이 내 노력 덕분인 줄 알았더니 알고 보니 설악산 비선대 바위틈에서 천년 지킴이가 되어 밤마다 "물·푸·레·물·푸·레" 사람들이 흘린 말소리와 발자국소리에 혼탁해진 물을 푸르게 정화시켜주는 물푸레나무 덕분이란 걸 이제야 알겠다.

창밖으로 보이는 뜨락의 나무들, 키 큰 오동나무는 오동나무끼리, 중간키의 목련은 목련끼리, 키 작은 앵두나무는 또 저희들끼리 서로서로 푸른 가지들을 척척 걸치고 어깨동무하고 손잡고 이파리들끼리 서로 애무하며 살랑대고 있다.

오늘 밤 나의 팔도 너의 가슴에 닿아 물푸레나무 푸른 잎으로 살랑대며 네 영혼을 푸르게 푸르게 맑혀주리라.

세상의 모든 사랑하는 이들이여, 그대들이 사랑하는 모든 이들의 가슴에 닿아 푸른 영혼으로 합일되어, 혼탁하고 먼지 많은 온 세상을 말갛게 가라앉혀 오로지 푸르름으로 덮이게 하라.

• • •

김영랑

내 마음을 아실 이

내 마음을 아실 이
내 혼자 마음 날같이 아실 이
그래도 어디나 계실 것이면

내 마음에 때때로 어리우는 티끌과
속임 없는 눈물의 간곡한 방울방울
푸른 밤 고이 맺는 이슬 같은 보람을
보밴 듯 감추었다 내어드리지

아! 그립다.
내 혼자 마음 날같이 아실 이
꿈에나 아득히 보이는가.

향 맑은 옥돌에 불이 달아
사랑은 타기도 하오련만
불빛에 연긴 듯 희미론 마음은
사랑도 모르리 내 혼자 마음은

꿈꾸는 어리석음이여

내 혼자 마음을 날같이 아실 이가 세상에 있을 수 있을까?

나 자신도 내 마음을 모르는데 그 누가 있어 내 마음을 나처럼 알아줄 수 있을까?

나도 나 하나가 아니어서, 때로는 둘도 되고 셋도 되고, 여럿으로 분열된 자아와 갈등하느라 이쪽으로 가지도 저쪽으로 가지도 못하고 전전반측 고민하며 지새는 밤이 얼마나 많은가?

그래도 우리는 꿈꾸기를 멈추지 않는다. 내 마음을 날같이 알아줄 이가 이 세상 어딘가에는 꼭 있을 것이라고, 언젠가는 나와 꼭 같은 나의 반쪽을 만날 수 있을 것이라고. 그를 만나면 아름다운 내 모습, 웃고 있는 내 모습만 보여주려고 애쓰지 않으리라. 그보다는 "내 마음에 때때로 어리우는 티끌"을 "속임 없는 눈물의 간곡한 방울방울"을 보밴 듯 감추었다 내어드려서 그가 나와 같이 느끼고 나와 같이 눈물 흘리며 "푸른 밤 고이 맺는 이슬 같은 보람"을 함께 나누어 가지고 함께 지녀 가리라. 그리하여 "향 맑은 옥돌에 불이 달아"오르듯 그와 더불어 사랑이 타오르기를 우리는 순간순간마다 꿈꾸며 살아간다.

그러나 사랑이여, 무지개처럼 황홀하게 나타나 우리를 사로잡아 눈멀게 하는 사랑이여, 그대가 언제까지나 내 마음을 날같이 알아줄 것이라고 꿈꿀 정도로 우리가 어리석어져도 좋다고 믿어도 되겠는가.

• • •

라이너 마리아 릴케 Rainer Maria Rilke

엄숙한 시간

지금 이 세상 어딘가에서 울고 있는 사람,
까닭도 없이 울고 있는 사람은
나를 위해 울고 있는 것입니다.

지금 이 세상 어딘가에서 웃고 있는 사람,
까닭도 없이 웃고 있는 사람은
나를 웃고 있는 것입니다.

지금 이 세상 어딘가를 걷고 있는 사람,
까닭도 없이 이 세상을 걷고 있는 사람은
나를 향해 걷고 있는 것입니다.

지금 이 세상 어딘가에서 죽고 있는 사람,
까닭도 없이 이 세상에서 죽는 사람은
나를 뚫어지게 쳐다보고 있습니다.

나로 인해 웃는 사람이 많아지는 세상

우리나라뿐만 아니라 지구촌 곳곳에서 눈만 뜨면 각종 참사가 일어나고 생명들이 다치고 죽어간다.

그물망같이 촘촘히 서로 얽혀서 살아가는 이 세상에서 누군가가 울고 있는 것은 나를 위해 울고 있는 것이며, 누군가가 웃고 있다면 나를 보며 비웃고 있는 것이다. 이 세상 어딘가를 걷고 있는 사람도 나를 향해 걷고 있고, 죽어가는 사람이 있다면 그 사람도 나를 바라보며 죽어가고 있는 것이다. 사람은 말할 것도 없고 나무와 풀과 뭇 짐승들, 벌레를 포함한 이 세상 만유萬有가 나와 연관되지 않은 것은 아무것도 없다. 내가 무심코 옮겨 딛는 발밑에 깔려 수많은 생명이 죽어가기도 하고, 사고를 미연에 방지하는 나의 조심스런 행동 속에 많은 생명이 아무 탈 없이 잘 살아가기도 한다. 나의 생명은 물론이고 그들의 생명을 내가 살리고 있는 것이다.(고의나 악의는 없었더라도 한두 명의 실수와 부주의로 일어나는 대형 참사를 보라.)

앞으로는 언제까지나, 나도 모르는 사이에 나로 인해 울고 있거나 죽어가는 생명보다, 나로 인해 즐겁고 행복하게 웃고 있는 생명이 많아지는 세상이 되었으면!

● ● ●

김예태

사진을 보다

시간의 화석을 꺼내 든다 사금파리처럼 반짝거린다 KTX보다 빠른 속도로 풀리는 타임캡슐 어둠 속에 누워 있던 뼈들이 기지개를 켜며 일어선다

푸른 넝쿨 속에 줄지어 피어난 줄장미 붉은 꽃송이들이 손에 손을 잡고 쏟아내는 웃음소리 자지러진다
“우리 집에 왜 왔니 왜 왔니 왜 왔니?”
“꽃 찾으러 왔단다 왔단다 왔단다”
술래는 잘 익은 꽈리의 가슴팍을 열어젖힌다 덩그런 태양이 붉다 한가득 입에 물고 햇덩이를 굴린다

환하게 볕이 드는 우주 그대와 나 사이에 서면 바람은 구름에 안겨 고개를 넘고 구름은 바람에 업혀 사막을 건너간다 그런 날이면 아기똥풀 노란 피똥에서 라일락 향기가 난다 흙탕물 묽은 잔등이에도 햇살이 내려앉아 반짝거린다

“시간의 화석” 추억만으로도 힘

우리는 모두 세월이 흘러도 녹슬지 않는 “시간의 화석”들을 저마다의 보물 상자 속에 지니고 있다. 어느 날 우리가 그 보물 상자를 열고 한 장의 사진을 꺼내드는 순간 우리는 타임머신을 타고 단숨에 시간과 공간을 뛰어넘어 자신이 생각하는 곳으로 가 있다. 아무런 근심걱정 없이 오직 사금파리처럼 반짝거리던 시간, 동무들과 민속전래동요를 부르며 즐겁게 놀던 어린 시절로 돌아가 있다.

손에 손을 잡고 웃음소리 자지러지게 쏟아내는 아이들은 “푸른 넝쿨 속에 줄지어 피어난 붉은 꽃송이들”이다. “우리 집에 왜왔니 왜 왔니 왜 왔니?” 동무들과 고사리손을 잡고 한 줄로 서서 앞으로 왔다가 뒤로 밀려갔다가 하며 목청 높여 부르던 그 때의 노래소리가 왁자하게 귓전을 울린다. 햇살 잘 드는 남향집 마당에서 놀이에만 빠져 아무것도 다른 생각이 없던 그 시절의 우리는 “잘 익은 꽈리”인 “덩그런 태양”을 입에 물고 햇덩이를 굴리는 태양의 아들딸이며 태양의 친구였다.

보물 상자를 열고 그 시절을 추억하는 것만으로도 새로운 힘을 얻는 우리는 이제 현실의 어두운 그늘을 벗어나 “환하게 별이 드는 우주”로 자신을 데려갈 수 있다. 그리하여 신산한 삶을 건너는 힘에 겨운 고개도, 모래바람이 눈앞을 가리는 험한 사막도 구름에 안겨, 바람에 업혀 힘들이지 않고 건너갈 수 있다. “아기똥풀 노란 피똥”에서도 라일락 향기가 나고 “흙탕물 묽은 잔등이”에도 햇살이 반짝이는 환희의 세계가, 녹슬지 않은 “시간의 화석”들이 우리 안에서 언제나 지켜주고 있기 때문이다.

● ● ●

정공채

간이역

피어나는 꽃은 아무래도 간이역
지나치고 나면 아아,
그 도정에 꽃이 피어 있었던가.

잠깐만 멈추어서
그때 펼 것을, 설계設計
찬란한 그 햇빛을……

오랜 동안을 걸어온 뒤에
돌아다보면
비뚤어진 포도鋪道에
아득한 비가 내리고 있었다.

이제 꽃은 지고
지는 그 꽃에 미련은 오래 머물지만
져버린 꽃은 다시 피지 않을걸.
여숙旅宿에서
서로 즐긴 사랑의 수표手票처럼

기억의 언덕 위에 잠깐 섰다가
흘러가 버린 바람이었는걸……

지나치고 나면 아아, 그 도정에 작은
간이역 하나가 있었던가.
간이역 하나가
꽃과 같이 있었던가.

어리석은 삶을 어리석게 살아가는 "사람"이기에

2008년 5월을 하루 앞두고 정공채 시인이 이승을 떠나셨다.

영원으로 향해 가는 도정에 잠시 들러 쉬었다 가는 간이역처럼, 거기 피어 반기는 꽃들을 모두 뒤로 하고 지구라는 별을 훌훌이 떠나신지 어느새 10주년이 넘었다.

우리 모두 그것을 알고 있건만, 잠깐만 멈춰 서서 꽃의 아름다움도, 향기도 한껏 누리면서 거기 잉잉대는 벌 나비와도 정겨운 눈맞춤 하면서 여유롭게 살다 갈 수도 있으련만……

그것이 말처럼 생각처럼 그렇게 쉽게 이루어진다면 우리 삶을 간이역이라 하지도 않고, 지나치고 나서 "그 꽃에 미련은 오래 머물지만" "흘러가 버린 바람이었는 걸"이라 노래하지도 않으리라. 어리석은 삶을 어리석게 살아가는 "사람"이기에 우리 서로가 서로에게 꽃이 될 수 있는 것이리.

• • •

나희덕

어린 것

어디서 나왔을까 깊은 산길
갓 태어난 듯한 다람쥐 새끼
물끄러미 나를 바라보고 있다
그 맑은 눈빛 앞에서
나는 아무 것도 고집할 수가 없다
세상의 모든 어린 것들은
내 앞에서 눈부신 꼬리를 쳐들고
나를 어미라 부른다
괜히 가슴이 저릿저릿한 게
핑그르르 굳었던 젖이 돈다
젖이 차올라 겨드랑이까지 찡해오면
지금쯤 내 어린 것은
얼마나 젖이 그리울까
울면서 젖을 짜 버리던 생각이 문득 난다
도망갈 생각조차 하지 않는
난만한 그 눈동자,
너를 떠나서는 아무데도 갈 수 없다고
갈 수도 없다고

나는 오르던 산길을 내려오고 만다
하, 물웅덩이에는 무사한 송사리떼

세상의 어린 것들에 대한 어미의 사랑이 없다면?

학교 양호실에서 퉁퉁 불은 젖을 짜서 버리고도, 밤늦게 집에 돌아와 어린 것에게 젖을 물리면 젖이 너무 불어서 먹기 힘들다고 젖을 밀어내고 우는 어린 것을 안고 나도 함께 울었다.

그 때는 젖이 너무 많은 것이 원망스러웠다. 어린 것이 제대로 빨지도 못할 정도로 넘쳐나는 젖을 짜버려야 하는 가슴 아픔 때문에…

세상의 모든 어미들은 그렇게 넘쳐나는 젖으로, 그 사랑으로 세상의 모든 어린 것들을 품어 키운다. 다람쥐새끼도 송사리 떼도 하루살이 떼도, 어린 것들은 모두 그 품에 안겨서 세상 근심 모르고 자라난다.

어린 것을 보면 자기도 모르게 찌르르 젖이 도는 어미의 가슴이 없다면 세상은 어떻게 될까.

모든 가냘픈 것에 대한 어미의 무조건적인 사랑이 없다면……

나래 젖어 떨고 있거나, 어딘가 다쳐서 신음하고 있거나, 죽어가는 것들에 대한 측은지심과 무조건 품어주고 싶은 연민의 가슴이 없다면 세상이 어떻게 될까?

• • •

김원길

고요

달도 지고
새도 잠든

정적 속
눈 감고

귓전에
스스스스

지구가
혼자서

조용히
자전하는

소리
듣는다.

정신의 맑은 눈을 위하여

누구나 정적 속에 혼자 앉아 있으면 지구가 자전하는 소리를 들을 수 있을까. "볼 수는 있지만 보지 않는 눈 먼 자들"처럼 들을 수는 있지만 듣지 않는 귀 먹은 사람들이기에 지금 이 시대에 지구가 자전하는 소리를 듣는 귀를 가진 사람은 거의 없을 것이다. 아마도 먼 원시시대, 자연과 더불어 자연의 일부가 되어 살던 우리 조상들은 지구가 자전하는 소리, 공전하는 소리는 물론이고 나무의 소리, 새들의 소리, 물의 소리, 흙의 소리를 모두 알아들으며 그들과 함께 대화하며 살았는지도 모른다. 그러나 오늘날, 문명이 발달하면 할수록 자연과는 멀어져 스스로 자기 안에 갇혀 사는 현대인은 그 모든 소리와 모습을 보지도 듣지도 못하고 살아간다.

지구가 자전한다는 것은 자기 안에 지닌 자전축을 중심으로 하루에 한 바퀴씩 회전하는 운동을 말한다. 달도 지고 새도 잠든 정적 속에 일어나 앉아 지구가 자전하는 소리를 듣는다는 것은 천지 자연, 우주의 섭리를 알아듣는다는 의미이며, 스스로 자신을 다스려 확고한 중심축(세계관, 가치관과 판단력)을 지니고 자기관리를 하며 살아간다는 의미이겠다. 미당의 시 「국화 옆에서」처럼 "한 송이 국화꽃"을 피우기 위해 봄부터 소쩍

새가 울고 여름 내내 천둥이 먹구름 속에서 울어야 하듯이, 한밤중 "고요" 속에 지구가 자전하는 소리 듣는 귀를 갖기 위해서 봄여름 가을 겨울동안 얼마나 수행하고 얼마나 마음을 닦아야 할까. 그들을 위해 얼마나 마음을 열어놓아야 천지자연이 마음 열고 다가오게 되는 것일까. 허영의 거리에서 경쟁에 눈이 멀어 앞만 보고 과속으로 달리다가, 부나비같이 허둥대다가 스스로 불에 뛰어들어 죽어가는 현대인들, 하늘에 별 하나 바라 볼 줄 모르는 메마른 도회인들은 정신의 눈이 얼마나 맑아져야만 그 일이 가능하게 될까.

• • •

문 숙

허상虛像

까치 한 마리가 눈밭에서 눈을 쪼고 있다

작은 발자국을 남기며 무엇을 찾고 있다

하얀 쌀밥 같은 모습에 이끌려 다닌다

허기 앞에 고개를 숙이느라 날갯짓을 잊고 있다

눈을 쪼던 부리에는 물기만 묻어난다

거듭되는 헛된 입질에도 마음을 멈출 수가 없다

이 세상에 와서 내가 하는 짓이 저렇다

잊어버린 날갯짓을 찾아서

눈밭에 엎드려 우리는 모두 무엇을 찾고 있나?

하얀 쌀밥을 찾고 있나?

아니, "하얀 쌀밥 같은" 모습에 눈이 어두워져 헛된 입질만 하느라 일생을 "커피스푼으로 되질해"버렸나? T.S.엘리엇의 「알프레드 프르푸록의 연가」처럼 "나는 늙어 간다… 늙어 간다." 중얼거리며, 거듭되는 것이 헛된 입질인 줄 알면서도 "마음"이란 놈은 멈출 수 없이 계속 같은 짓만 되풀이 한다.

무엇 때문에? 허기 때문에?

몸의 허기? 마음의 허기?

어떤 허기이든 간에 모든 허기는 우리로 하여금 날갯짓을 잊어버리게 한다.

그러나 헛된 입질을 하는 자아를 바라보는 자아의 또 다른 눈이 있어 우리는 언젠가는 잊어버린 날갯짓을 되찾을 수 있으리라. 그리하여 잊어버린, 잃어버린 본질, 그 본래면목과 눈물겹게 조우하게 되리라.

● ● ●

이응인

호떡 하나

북성사거리에서 순대 사고 돌아설 때
"그 아지매 손 봤어?"
아내가 물었다.
"순대 썰어준 아지매?"
"아니, 호떡 굽던 아지매."
"못봤어."
"손이 터서 벌겋더라. 참, 우리는 복에 겨워 이러고 다니지."
그 순간,
어제 남긴 호떡 하나
싱크대 위에 딱딱하게 굳어 있는 고놈
눈두덩을 친다.

섬이 아니라고……

세상 살기가 힘들다고 한다. IMF 외환위기 때보다 더 어렵다고 한다.

유가가 오르니 물가도 오르고, 장사는 안 되고 공공요금은 비싸고 사교육비는 하늘 높은 줄 모르고…

남편 벌어다 주는 돈으로 평생 집안 살림만 하다가, 아이 키우고 살림 하느라 집 바깥일이란 모르고 살다가 아이 학원비라도 보태려고 시장에서 거리에서 순대 파는 아지매, 호떡 구워 파는 아지매……

안 하던 일을, 서투른 일을 하려니 얼마나 힘들고 어려울까. 세상사에 닳지 못한 마음으로 장사를 하려니 사람들을 어떻게 대해야 할지, 부끄럽고 창피하고 쥐구멍이라도 찾고 싶은 마음.

그래도 세상에는 따뜻한 마음이 있기에, 그들의 터서 벌겋게 된 손을 안쓰럽게 생각하고, 어제 먹다가 싱크대 위에 남겨둔 호떡 하나를 미안하게 생각하는 마음이 있기에 힘겨운 오늘을 추스르며 내일의 더 큰 희망을 품을 수 있는 것이리.

나만 홀로 거친 세상 파도 위에 떠 있는 섬이 아니라고, 서로서로의 아픔을 쓰다듬고 위로해주는 오롯한 이웃이 있다고 생각하면, 그들의 가슴에 안겨 있는 듯, 깊은 밤 아픈 허리로 잠자리에 누워도 외롭지만은 않으리라.

• • •

강상기

정물靜物

식사 후

손님이 떠난 자리

반쯤 치워진 식탁

구겨진 식탁보 위에는

마개 뽑힌 빈 술병

윤기 잃은 빈 컵이 하나

삶이라는 무대 위에서

식사 후, 손님이 떠난 자리,

누군가가 남아서 그 정물을 보고 있다.

시선을 어디에 두느냐에 따라 손님이 될 수도 있고, 그들이 떠난 자리에 남아서 그 광경을 바라보는 눈이 될 수도 있다.

혹은 마개 뽑힌 빈 술병이 될 수도 있고 윤기 잃은 빈 컵이 될 수도 있다.

내 삶은 그 무엇이든 될 수가 있다. 누군가가 살다 떠난 빈자리를 바라보는 신神의 시선이라면 어떤가.

반쯤 치워진 식탁, 구겨진 식탁보, 이것은 너와 나, 우리들이 힘들게 살아가는 삶의 터전이다.

식사를 하기 위해, 먹어야 사는 "입"들을 먹여 살리기 위해 우리는 구겨진 식탁보라는, 자칫 잘못 디디면 넘어지기 쉬운 삶의 무대 위에서 얼마나 혼신의 노력을 쏟으며 그날그날을 살아내어야만 하는 것일까.

마개 뽑힌 빈 술병처럼 허무하고, 윤기 잃은 빈 컵처럼 담을 것 없는 춥고 허기진 나날들을 텅 빈 허공을 바라보며 얼마나 더 걸어가야 하는 것인가.

아니, 누군가가 즐겁고 유쾌하게 식사하고 떠난 자리에서 이 무슨 청승스런 생각이란 말인가. 어느 시인은 이 세상 소풍 끝내고 하늘로 돌아가서 "아름다웠더라고" 말하리라 했는데……

• • •

차옥혜

허공에서 싹 트다

여름 가을 겨울
처마 끝에 매달려 대롱거리던
마늘이
허공에서 싹 트다

파릇파릇 마늘 싹이
허공에서
초록 눈을 반짝이며
세상을 구경한다
쪼글쪼글한 마늘이
말라비틀어지는 마늘이
제 몸의 수액을 한 방울이라도 더 짜서
새싹을 조금이라도 더 밀어 올리려고
몸부림친다
마늘 싹이
허공을 깬다

허공을 깨는 마늘 싹

모든 씨앗은 땅에 묻혀야 비로소 싹이 트고 자라서 열매 맺을 수 있다.

그런데 여기 허공에서 싹 트는 마늘이 있다. 양분도 수분도 따스하게 감싸주는 흙의 품도 없이 홀로 허공에서 싹트는 마늘이 있다.

그 싹을 밀어올리기 위해 마늘은 얼마나 안간힘을 쓴 것일까. 쪼글쪼글해지고 말라비틀어지다가 마침내는 빈 껍질이 되어 사라지는 마늘어미의 일생.

자신은 빈 껍질이 되어 사라지면서도 초록 싹을 세상에 밀어올리기 위해 몸부림치는 마늘의 삶에서 우리는 모든 어미의 삶을 생각한다. 제 몸 속에서 새끼를 키우며 제 살을 양분으로 제공하여 새끼가 다 자라서 나가고 나면 텅 빈 껍질이 되어 사라지는 어미고둥처럼, 땅 속에 묻혀 제 몸이 썩어야 무수한 새로운 열매를 맺는 갖가지 씨앗들처럼 모든 어미들은 제 몸을 희생하여 새로운 생명을 키워낸다. 아무리 그것이 이 세상에 생명을 존재하게 하고 영속하게 하는 자연의 섭리며 이법이라지만 한 번쯤 둘러보고 고마움을 새길 일이다. 조그만 마늘 싹이 허공을 깨고 있는데 우리는 언제까지나 눈을 가리고 나 혼자만 잘났다고, 나 혼자 태어나서 나 혼자 자랐다고, 나만 잘 살면 된다고 팔을 휘저으며 걸어가고 있는가.

● ● ●

노명순

生은 피고 지는데

그 시절,
비가 오고
꽃이 팔리지 않는 날
명동거리의 담벼락에 웅크리고 앉아
양동이 안에 지친 꽃다발을
들여다보면

시든 꽃 속에 낀
어린 꽃봉오리들
모가지 꼿꼿이 세워 피어나고 있는
중

꺾이고 묶이고
통 속에 갇히었어도
빗물 먹고 공기 먹고 피어나고 있는
중

절망 속에 피는 꽃송이

시작은 안데르센의 동화 "성냥팔이 소녀"가 생각나게 하는 어렵고 힘든 상황이지만, 결말에서는 새로운 생명력을 비춰주는 환한 희망의 꽃을 피워주고 있다.

신문팔이 소년이나 꽃 파는 아가씨나 비가 오는 날은 공치는 날이었을 것이다. 그 조그만 손에 가족의 생계가 매여 있는데, 집에서는 어린 동생이 퀭한 눈으로 언니가 빨리 돈 벌어서 호떡 사오기만 기다리고 있는데, 비는 내리고 꽃은 팔리지 않고…… 얼마나 힘들고 춥고 배가 고팠을까? 그래도 양동이 안에서는 꺾이고 묶이고 통 속에 갇힌 극한의 고통 속에서도 어린 꽃봉오리들이 모가지 길게 빼어 하다못해 내리는 빗물을 받아먹고서라도 새로운 생명으로 피어나고 있었으리라.

우리나라가 세계 11위의 경제대국이라는 오늘도, 지나간 과거의 일인 양 까맣게 잊고 있던 "그 시절"처럼 탑골공원의 담벼락에 웅크리고 앉은 사람, 꺾이고 묶이고 통 속에 갇힌 춥고 외롭고 어려운 사람들이 지금도 우리 이웃에서 시든 꽃처럼 살아가고 있다는 사실에 우리는 가슴을 열어야 하리라. 나 혼자만 앞서 달려 나가 큰 꽃을 피우려는 욕심에서 벗어나, 서로가 서로에게 빗물이 되고 공기가 되고 꺾인 모가지, 숙인 고개를 바로 세워주는 버팀목이 되어 함께, 다 같이 환한 희망의 꽃을 피워야 하리라.

4부

• • •

임영조

물

무조건 섞이고 싶다
섞여서 흘러가고 싶다
가다가 거대한 산이라도 만나면
감쪽같이 통정하듯 스미고 싶다

더 깊게
더 낮게 흐르고 흘러
그대 잠든 마을을 지나 간혹
맹물 같은 여자라도 만나면
아무런 부담 없이 맨살로 섞여
짜디짠 바다에 닿고 싶다

온갖 잡념을 풀고
맛도 색깔도 냄새도 풀고
참 밍밍하게 살아온 생을 지우고
찝찔한 양수 속에 씨를 키우듯
외로운 섬 하나 키우고 싶다

그후 햇빛 좋은 어느 날
아무도 모르게 증발했다가
문득 그대 잠 깬 마을에
비가 되어 만날까
눈이 되어 만날까
돌아온 탕자의 뒤늦은 속죄
그 쓰라린 참회의 눈물이 될까

스며들어 하나 되어 봄이 어떠랴

물이 가진 가장 큰 장점은 무엇일까?

구태여 노자의 상선약수上善若水를 생각하지 않더라도 "깜쪽같이 통정하듯" 스며들어 하나가 되고, 스스로 몸을 낮추어 낮은 곳으로 낮은 곳으로 흘러들어 상대방의 부족함을 채워주고, 만물을 적셔서 그 생명을 영위하게 하고도 자신의 공을 드러내지 않고 말없이 흐르는, 오체투지五體投地하여 겸허하게 자기를 낮추는 하심下心의 자세를 우리는 물에게서 얼마나 배우고 있을까? 물을 마시지 않으면 하루도 제대로 살아갈 수 없으면서도 그 고마움조차 느끼지 못하고 있지는 않은가.

물처럼 살아가고 싶던 , 아니 스스로 물이 되고 싶던 시인이 살다 간 흔적으로 시 한 편이 남아있다. 충남 보령시 주산면 동오리 보령댐 공원에 시인의 흉상과 함께 시비로 남아 오가는 사람들에게 "무조건 섞이고 싶다"고 눈짓하고 있다.

그의 몸은 지수화풍으로 흩어져 거대한 산에도 스미고 맹물같은 여자의 속에도 섞이고 외로운 섬도 하나 키우고, 그도 모자라 아무도 모르게 증발했다가 "그대 잠 깬 마을"에 비가 되어 눈이 되어 지금 이 순간도 그대 속으로 스미고 있으리라.

그대여, 날 선 눈짓일랑 거두고 우리도 이 저녁 물이 되어 서로가 서로에게 스며들어 하나가 되어봄이 어떠랴.

• • •

정일근

제주에서 어멍이라는 말은

따뜻한 말이 식지 않고 춥고 세찬 바람을 건너가기 위해
제주에선 말에 짤랑짤랑 울리는 방울을 달아준다

가령 제주에서 어멍이라는 말이 그렇다
몇 발짝 가지 못하고 주저앉고 마는 어머니라는 말에
어멍이라는 말의 방울을 달면
돌담을 넘어 올레를 달려 바람을 건너
물 속 아득히 물질하는 어머니에게까지 찾아간다

어멍……, 이승과 저승의 경계를 지나
ㅇ이라는 바퀴 제 몸 때리듯 끝없이 굴리며
그리운 것을 찾아가는 순례자의 저 숨비소리 같은 것

사랑하는 이름에 따뜻한 바퀴를

말에도 따뜻함과 차가움이 있다. 어떤 말은 입에서 발음하자마자 한없이 따뜻하고 포근한 안식과 위안을 주는가 하면 어떤 말을 들으면 그 독기와 차가움이 선뜩하게 건너와 마음과 몸이 새파랗게 얼어붙게 만드는, 세상의 그 어떤 독보다도 무서운 말이 있다.

제주에서 말에 방울을 달아준 어멍이라는 말! ㅇ이라는 바퀴가 끝없이 굴러서 돌담을 넘어 올레를 달려 바람을 건너 물속이건 산속이건 찾아가고야 마는 어멍이라는 말!

이승과 저승의 경계를 지나서라도 그리운 이의 마음속까지 찾아가 닿고야 마는 그 말! 아득히 물속에서 물질을 하다가도 자식이 부르는 그 말이 달려오는 바퀴소리를 듣는 어미는 물 위로 솟아올라 참았던 숨을 내쉬며 숨비소리로 답하여 제 몸에서 바퀴를 내어 마주 달려간다.

우리 모두 사랑하는 이를 부르는 이름에 짤랑짤랑 방울을 달아주자. 그 말의 따뜻한 바퀴가 춥고 세찬 바람을 건너 끝없이 굴러서 이 세상 모든 이들의 마음에 따뜻한 물길 하나씩 흘러들고 드디어 온 우주가 그 물길에 다 잠길 수 있도록.

• • •

정호정

잎을 떨어뜨린 겨울나무는 머클래스족 인디언이다

미개한 머클래스족 인디언들은 매년 〈버스크〉라는 '허물을 벗는 의식'을 치른다고 한다 미리 새 옷과 새 가재도구와 햇곡식과 새 식료품들을 마련해 놓고, 헌 옷과 헌 가재도구와 먹다 남은 곡식과 식료품들 그리고 청소한 모든 쓰레기들을 모아 불사른다고 한다 사흘 동안 단식을 한 후에 새 불씨를 얻어 새 불을 피운다고 한다

잎을 떨어뜨린 겨울 나뭇가지는 머클래스족 인디언이다 미리 새 꽃눈과 새 잎눈을 비늘잎에 꼭꼭 숨겨놓고 〈버스크〉를 치른 후에 사흘이 아니라 긴 겨울을 혹한에 떨면서 깊이 참회하는 것이다

나도 한 번 〈버스크〉라는 의식을 치르고 싶다 나의 과오가 얼룩진 누더기와 나의 허영을 담았던 가재도구와 나의 욕심을 살찌운 곡식과 양념들 그리고 나의 둘레를 청소한 쓰레기들을 모아 불사르고 싶다 잎을 떨어뜨린 겨울 나뭇가지처럼 긴 겨울 혹한에 떨면서 깊이깊이 참회하고 싶다.

사흘 동안 단식을 하고 나서 새롭게 태어난다면?

여름 내내 푸르름을 자랑하던 앞산의 떡갈나무도, 가을 내내 노란 꽃등을 밝혀주던 거리의 은행나무도, 숲속의 각양각색의 나무들도 지금은 모두 잎을 떨어뜨리고 맨몸으로 서서 묵언수행-동안거冬安居 중이다. 참회 중이다.

미개하다고, 가난하다고, 혹은 다른 이유로 우리가 무시하고 인정해 주지 않는 인디언들도 존재의 본질에 다가가기 위해, 참된 자아를 찾기 위해, 지난 잘못을 씻어내기 위해 매년 그들만의 특별한 의식을 치른다고 한다.

나는 어떤가?

허영과 욕심과 잘못된 인식의 옷을 덕지덕지 입고서, 미움과 아만我慢과 게으름과 독선의 살찐 돼지가 되어 저만 잘났다고 뒤도 돌아보지 않고, 옆 사람에게 상처를 주면서 살아오지는 않았던가?

이 겨울 혹한에 맨몸으로 하늘 향해 기도하는 저 나무들처럼, 나도 아무쪼록 날마다 저지르는 더께 앉은 잘못들을 깊이깊이 참회하는 나날을 가져볼 일이다.

보이는 사물만 불태울 것이 아니라, 단식으로 내장 속에 낀 오물까지 다 비워내고 새롭게 태어나서 어린 아이처럼 해맑은 마음, 욕심 없는 마음으로 살아가기를 기약해봐야겠다.

• • •

김금용

사이에 내가 서있다

한낮 폭염 위에 선다 발가벗은 원시 지구에 들어선다
머리엔 우주를, 발아랜 지구를 딛고 선 나는 소우주,
우주와 지구 사이에 내가 서있다

엄마 자궁 속에서부터 본능적으로 익힌 내 질긴 생명,
탄생의 비밀을 마주하고 있는, 동서 교류가 무너진 옥
문관 발에 차이는 돌더미에 서서 쉽게 끝낼 수 없는 내
생의 상형문자를 마침내 만나게 해준 둥근 원시 지구,
타클라마칸 사막 위에 새긴다 生의 깃발을 모래땅에 꽂는다
내가 없으면 이 거친 지구도 광대한 대머리 우주도
없을 터,

나는 생각을 지닌 소우주,
감히 우주의 중심이다

위대한 소우주

인간은 위대한 소우주이다.

꾸밈없는 모습 그대로인 원시 자연 속에 있을 때도, 인간들이 건설해놓은 도시 속에서 문명의 이기利器와 타인들의 이기심 사이에 끼어 숨 가쁘게 돌아갈 때에도 인간은 위대한 소우주이다. 언제나 우주를 인식하는 주체, 너를, 이웃을, 타인을, 타자他者를 인식하는 주체이기 때문에 한 개아個我는 이 우주 속에서도 가장 중요한 우주이다. 인식하는 주체인 개아個我가 없다면 우주가 위대하거나, 화려하거나, 밝거나, 어둡거나, 우울하거나 모두가 소용없는 일이다. 한 "자아自我"에게 그 모든 것은 무無일 뿐이니까.

제임스 조이스가 『젊은 예술가의 초상』의 주인공 스티븐 디덜러스로 하여금 "나 → 내가 있는 학교의 한 작은 교실 → 내가 사는 작은 마을 → 더블린이라는 도시 → 아일랜드 → 유럽 → 지구 → 우주"로 무한히 확장해 나가는 중심에 개아인 "나"를 위치시켜놓은 것처럼.

우리는 평소에는 무심히 보내다가 시적 화자처럼 "머리엔 우주를, 발아랜 지구를 딛고" 타클라마칸 사막처럼 거대한 원시지구 위에 서 있을 때 비로소 본능적인 생명의식에 가득 차며 자신의 위대함을 자각함과 동시에 자신의 왜소함에도 비로소 생각이 미치게 된다. "내 생의 상형문자를 마침내 만나게 해준 둥근 원시지구"를 인식하게 되면서 "내 生의 깃발을 모래땅에 꽂"고 서서, "나"라고 인식하는 주체가 없다면 "이 거친 지구도 광대한 대머리 우주도" 없을 것을 자각한다. 그러한 생각을, 인식을 지닌 소우주이기에 나는 "감히 우주의 중심"이다.

제각기 자기 안에 "소우주"를 지니고 "우주의 중심"이 되어 이 광대한 우주 안에서 생을 영위하는 개아個我들이여, 그러한 인식을 노래하는 시인이여, 위대하여라!

● ● ●

이춘하

단오 무렵의 지리산

묻지 마라
어딜 갔었냐고

단오 무렵의, 누에똥같은 지리산
산빛이 좋아

넉잠 자고 나서 나도
나비 될래!

진정한 합일의 삶을 위하여

지리산은 사철 아름답다.

그 중에서도 단오 무렵의 지리산을 마음속에 그려보면 지금 당장이라도 밤기차를 타고 남으로 남으로 내려가고 싶어진다.

가서 아무와도 만나지 않고 오로지 지리산과만 마주하며 묵묵히 단 며칠이라도 지내다 왔으면!

그러나 지리산의 산빛을, 그 나무들을, 그곳에 피어나는 이름 모를 꽃들을 오롯하게 벗으로 하여 그들과 진정으로 소통하자면, 이렇게 비릿한 욕심의 옷을 입고 있는 사람의 몸으로는 불가능하리라. 허물을 벗지 못한 애벌레인 누에의 몸으로도 불가능하리라.

그래서 시인은 "넉잠 자고나서 나도/ 나비될래!" 하고 나비가 되기를 소망한다. 나비만이 진정한 자유를 누리며, 나비만이 자연 속에서 그들과 둘이 아닌 하나가 되어 진정한 소통을 이루어내며 합일의 삶을 살 수 있기 때문이다.

나비가 있어서 온 세상의 꽃들은 열매를 맺을 수 있으니 나비의 삶이란 얼마나 아름답고도 고귀한 삶이랴.

그렇지만 모든 애벌레는, 죽음과도 같은 가사假死상태를 지나서 고치 속에서의 어둠과 아픔과 두려움을 참고 견디는 용기와

인내 후에 비로소 나비라는 빛나는 날개와 자유를 얻을 수 있으며 참된 의미의 사랑을 통해 새로운 생명을 낳을 수 있는 것이니, 누구나 탐내는 마음 하나로 그저 얻을 수 없는 경지이다.

사랑하는 그대여! 우리 모두 이 여름에 넉잠 자고 나서 눈부신 날개 지닌 나비가 되어 그대는 나의 속으로, 나는 그대의 가슴 속으로 꽃잎 스며들 듯 스며들어봄이 어떠한가!

• • •

송세희

물에 빠진 '수종사' · 2

'스님,
허공에도 감옥 있어예.'
'복짓는 소리 하들랑 마라.'

'스님,
스스로를 가두면 그게 감옥이라예.'
'감옥 바깥도 감옥인 게야.'

'아, 그렇구나.'

나를 건지려다,
'水鐘寺' 종소릴 놓아버렸다.

단청이 단풍으로 떠 있었다.

그러나 구원은 있다

우리는 모두 허공 감옥 속에 스스로를 가두어 놓고 사는 사람들이다. 스스로 자기를 감옥 속에 가두었으니 누가 그 감옥 담벼락을 허물어 줄 수 있을까. 아무리 허물어주고 싶어도 보이지 않는, 형체도 없는 감옥을 남이 허물어줄 재간이 없다. 아직도 "나"는 사방 둘러봐도 거미줄 같은 감옥 속에 갇혀 있고, 그 감옥 속에는 다정하게 손 잡아줄 가족도 없고 친구도 없다. 카프카의 『變身』 속의 그레고르 잠자처럼 실존적 고독에 몸부림치며 홀로 감옥 속에서 죽어가는 것이 현대인이라면 너무 지나친 표현일까.

그러나 구원은 있다. "水鐘寺" 종소릴 놓아버리듯이 자기를 놓아버려라. 지나친 집착과 욕심 때문에, 남과의 비교 때문에 생긴 병이고 감옥이라면 스스로 자기를 놓아버리고 집착에서 벗어나라.

그러면 "단청이 단풍으로" 떠 있듯이 이 세상 온갖 만유가 다 아름다움이며 향기이며 벗으로 다가와 우리를 안아주리라.

• • •

이만의

별을 보려면 눈을 감아라

도시의 하늘에는 이제 별이 없다
아파트 창문에서 보아도
고층빌딩 옥상에서 보아도
고개를 들어 하늘을 뚫어지게 보아도
별은 없다

산자락 농촌마을에도 별은 없다
별을 찾는 어린이가 없다
별을 찾는 눈이 없다
별이 내려와 앉을 팔베개도 없다

눈을 감아라
눈을 꼬옥 감아 어둠이 가득하면
그곳에 별이 있다
눈을 가만히 감으면
뛰는 심장 속으로 별이 뜬다

도심의 벤치에 앉아 눈을 감는다
고향하늘의 무수한 별을 보려 눈을 감는다

하늘엔 별 마음속엔 꿈

우리들 마음속에 별이 없다면, 저 우뚝 솟아 하늘에 닿을 듯 속삭이는 산이 없다면, 그 산 위 하늘에 걸리는 구름이 없다면, 그 하늘에 붉게 번져가는 저녁노을이 없다면…… 우리는 세상의 온갖 잡사에 부대껴 피로에 지친 몸을 어디 가서 누이고 포근한 안식과 위안을 구할 수 있을까?

그러나 도회의 하늘에 이제 별이 없다. 산자락 농촌마을에도 이제 별이 없다. 하늘에 별이 없는 것이 아니고 별을 찾고 꿈을 찾고, 별을 바라보며 내일에의 꿈을 꾸는 어린이가 없는 것이다. 여름 저녁 평상에 앉아서 손자에게 부채질로 모기를 쫓아주며 별을 바라보고 옛날이야기 해주던 할머니의 무릎은 어디 가서 찾을 수 있을까.

도심의 벤치에 앉아서도 눈을 감고 마음속의 별을 찾을 수 있는 사람은 행복한 사람이다. 어린 시절 피어나는 나뭇잎 앞에서 생명의 신비에 눈 뜨고 개구리 산토끼 쫓아 산으로 들로 내달려 본 사람만이 도회의 벤치에 앉아서도 꿈 꿀 수 있는 것이다. 어린 시절에도, 어른이 되어서도 별을 바라보지 못하고 자란 사람은 머리 위 하늘 가득 별이 쏟아져 내려도 바라볼 줄을 모르고 산다.

요즘 아이들 도무지 삭막해서 못쓰겠다는 푸념일랑 말고 우리 어른들이, 부모들이 우리의 아이들에게 손들어 별을 가리켜 주자. 하늘에 별을 보여주고 마음속에 아름다운 꿈을 심어주자. 별을 볼 수 있는 아이만이 우주처럼 넓은 마음을 가진 어른으로 자라날 수 있으리라.

• • •

유동애

복사꽃길

드나든 길에서 보이는
자전거 길에
복숭아꽃이 피었다

어느 볕 좋은 날에
저 길을 걸어 보리라

비 개인 후
잎들만 바람에 흔들렸다

아, 저토록 잠깐인 것을…

저토록 잠깐인 것을

우리 삶의 길…

멀리 바라다 보일 때는 모두가 꽃길이다. 화사하게 빛나는, 어서 오라고 손짓하며 나를 위해 기다리고 있는 그 아름다운 꽃길…

오늘 내가 걷는 이 길이 비록 꽃길은 아니라 해도, 내일은, 모레쯤은, 어느 볕 좋은 날이 반드시 오리라.

그날이 오면 밝고 따사로이 내리쬐는 햇살 속에서 저 꽃길을 걸어가리라. 꽃향기에 취해, 꽃잎의 마중을 받으며 누구보다 행복하게 걸어가리라.

그러나 눈앞에 펼쳐진 나날은 비가 오고 바람 불고 질척거리기도 하고, 나를 쉽게 그 꽃길로 들어서지 못하게 옷자락을 붙잡는다.

그러다가 비바람 불고 난 어느 날 그 꽃길을 바라보니 아뿔사, 꽃들은 휘날려 떨어져 흔적도 없고 새로 돋은 잎들만 바람에 흔들리고 있다. 화무십일홍花無十日紅이다.

언제나 젊어 있을 줄 알았는데, 무한정한 시간이 내 앞에 놓여 있는 줄 알았는데, 정신을 차려보니 어느새 해가 뉘엿뉘엿 서산에 걸려 있는 시간이다.

"저토록 잠깐인 것을"

아름다운 알레고리 속에 담긴 삶의 진실과 지혜에 고개 끄덕여진다.

• • •

이영신

묵묵부답

별 불만 없이 잘 살아가고 있는 죽청리 흰 염소에게
어느날 갑자기 하느님이 다가가 등을 툭툭 치시더니
시한부 삼개월 삶을 남겨주셨습니다
그 날부터 흰 염소는
집 앞에 면회사절이라 써 붙이고
왜 하필 저입니까.
가슴 쥐어뜯으며 대들다 뒹굴다 발길질까지 했지만
그분은 그냥 바라보기만 하셨습니다.
그렇게 열흘은 분노로
또 열흘은 눈물로 나날을 떠밀어 보내던
죽청리 흰 염소,
하루는 아침 일찍 일어나 마당도 쓸고
널브러진 술병도 다 치우고
깨끗이 옷매무새 다듬고 귀내까지 걸어가
둑에 앉아 하염없이 물을 바라보다
돌아와 아무 일 없었다는 듯이
여전히 풀을 한가롭게 뜯었습니다.

참 보기 좋습니다.

오늘이 마지막 날인 것처럼

누구에게나, 언제나 일어날 수 있는 일, 일찍 일어나기도 하고 늦게 일어나기도 하는 일. 그렇지만 내가 만약 이런 일을 당한다면 죽청리 흰 염소처럼 "아무 일 없었다는 듯이" 여전히 한가롭게 풀을 뜯을 수 있을까. 가슴 쥐어뜯으며 대들다 뒹굴다 발길질 하다가 남은 삼 개월도 허무하게 보내 버리고 말지나 않을까.

죽음과 삶에 대한 성찰, 고요히 물러나 자기 자신의 내면을 들여다보는 일, 우리는 하루에 얼마만큼의 시간을 자기 자신과의 대화에 바치며 살고 있을까.

늘 "바쁘다, 바쁘다"만 습관처럼 입에 달고 살면서, 정작 가장 중요한 일은 저만치 팽개쳐 두고, 가장 귀한 사람과는 대화할 시간조차 없이 관심 기울여 주지 못한 채 무엇 그토록 중요한 것을 좇아서 나날의 시간을 다 허비하며 살아가고 있을까.

트리나 포올러스의 "꽃들에게 희망을"에 나오는 줄무늬 애벌레처럼 남들이 올라간다고 가까운 벗의 머리를 밟아가며 무작정 따라 올라간 높은 기둥 위에는 무엇이 있을까. 아무것도 없는, 단지 허공밖에 없어서 다시 추락할 일만 남은 그 높은 꼭대기를 향하여 우리는 오늘도 무작정 달리고 있지나 않은지.

오늘이 마지막 날인 것처럼 참 보기 좋게 내 삶을 마무리할 수 있도록 고요히 자신을 돌이켜 보아야겠다.

● ● ●

김선호

날개 리폼 하우스

김 씨는 원피스를 마름질한다
고장난 라디오가 정오의 희망 음악
주파수를 찾으며 두리번거리고
서랍에선,
몇 년을 곰삭아 빛을 잃은 단추들과
조각 천들이 빠끔히 밖을 내다본다
어제는 휠체어 소녀가 원피스를 가지고 왔다
작업대 위에 원피스를 놓고 소매를 자른다

옷이 날개라고,
레이스를 잘라 시침질하여 달고
절뚝이는 치마 길이를 허리에 맞게 잘라
최신 스타일 나비 모양 옷을 완성했다

옷걸이에 걸린 리폼한 원피스는
선풍기 바람에 날개를 달았으나 문에 부딪치며
자리에서 가늘게 떨고 있다
그들도 날고 싶은 희망주파수를 찾고 있는 중이다

실오라기 풀리듯 빛이 들어오는
의류 수선점 지하
시간을 자르고 계절을 재단하는 재봉틀이
다시 햇살을 마름질한다

우리는 다 알고 있지

낡은 원피스를 작업대 위에 놓고 마름질 하고 레이스를 시침하여 날개를 달아주는 "날개 리폼하우스"가 정말 있으면 좋겠다.

그러면 날고 싶은 희망 주파수를 찾아 주춤거리지 않아도 우리 모두 나를 수 있을 텐데…… 휠체어 위의 소녀도, 병원 침대에 누워 있는 청년도, 요양병원에 계신 할머니도 모두 나를 수 있을 텐데…

아니야, 날개 리폼하우스가 없어도 우리들은 마음속에 모두 푸른 날개 하나씩 지니고 있지.

아무리 어두운 지하 단칸 셋방이라도, 산비탈 판잣집이라도, 고장 난 라디오조차 없어도 우리들은 모두 마음속에 실오라기 풀리듯 빛 한 줄기가 비치는 것을 느낄 수 있지. 우리들 마음이 서로 손잡고 따스한 온기를 나눌 수 있는 한, 서로는 서로에게 희망이 되고 빛이 되고 사랑이 되는 비법을 우리는 다 알고 있지.

그래서 우리는 모두 저 푸른 하늘을 나를 수 있지.

• • •

김여정

숟가락을 든다

오늘도 어김없이 혼자 밥숟가락을 든다
먼 그날들에 어머니도 어김없이 혼자 밥숟가락을 드셨다
아버지가 돌아가신 뒤로 수많은 세월 어머니도 그랬다
내가 혼자 밥숟가락을 들기 전까지는
혼자 밥그릇 앞에 앉은 어머니 가슴속이
온통 어두운 산그림자로 덮혀 있었음을 미처 알지 못했다
"밥알이 모래알 같다"는 어머니 혼자말도 알아듣지 못했다
어머니 하얀 옥양목 치마에 떨어지는 눈물의 고드름도 보지 못했다

딸 아들 셋 출가시키고
아버지 돌아가신 후로 홀로 되신 어머니나
혼자서 딸 아들 넷 출가시키고 홀로인 나나
혼자서 밥 먹기는 매한가지지만
먼 그날들의 어머니 가슴속 어두운 산그림자 밖에서
아직도 기웃거리고만 있는 나의 헛 숟가락질에
내 뒤늦은 회한만 깊이 모를 우물로 파이고 있다

밥숟가락이 세월이고 경전인 것을
바늘에 찔린 듯 이제야 알게 되다니

세월이고 경전인 밥숟가락

우리를 낳아주시고 길러주신 그 오랜 세월동안 어머니는 우리 손에 밥숟가락을 쥐어주고 밥을 먹여주셨다. 우리는, 어머니라면 당연히 그래야 하는 것으로 생각하고 그 노고와 사랑에 감사하다는 생각도 못하고 표현은 더더구나 못하고 그 많은 세월을 흘려보내고 말았다.

시간도 가고 어머니도 가시고 이제 우리가 어머니의 자리에서서 자식을 낳고 기르고 그 자식들마저 각기 제 짝 찾아 훨훨 날려 보냈다.

그토록 애지중지 사랑으로 기른 자식들마저 다 떠나간 빈자리에서, 해 뜨는 아침마다 노을 지는 저녁마다 혼자 밥숟가락을 들게 될 줄이야.

이제야 그 옛날 "밥알이 모래알 같다"던 어머니의 말씀, 스친 듯 들은둥 만둥 했던 그 불효가 생각나고 바늘에 찔린 듯 가슴이 아려온다.

인간이란 참 얼마나 어리석은 존재인가? 세상 이치를 모두 다 아는 척 착각하면서 기실은 스스로 체험하지 않으면 아무것도 느끼지도 헤아리지도 못하는 바보 같은 존재가 아닌가. 그러니, 혼자 밥숟가락 드는 내 가슴에 드리운 산 그림자를 내 자식이 보아주지 않는다고 섭섭해 하지도 안타까워하지도 말 일이다.

그래도 어디 사람 마음이 제 맘대로 되던가.

오늘도 혼자 밥숟가락 드는 가슴에 그늘지는 쓸쓸한 노을을 어찌하랴.

• • •

권숙월

어머니처럼

침 묻혀 꾹꾹 눌러 쓴 연필글씨 지우개가 뭉개고 지나간 자리처럼 미처 빠져나오지 못한 어둠이 희미하게 숲에서 구물거리는 아침 산비둘기 한 마리 목 놓아 울었다 그에게도 지워지지 않는 깊은 상처가 있는가 어둠 틈 타 몰래 집을 나온 과거가 있는가 소나무 참나무가 다른 나무 끼어들 틈 없이 빽빽한 뒷산에서 나를 향해 울었다

다른 산비둘기도 볼 낯 없다고 몸을 감추고 울었다 우리 어머니처럼 시집 잘못 간 사람이 한 둘이 아닌 모양이다

눈에 밟히는 새끼들 걱정에

몇 년 전 KBS 1TV 아침 마당에 출연한 어느 강사는 이 세상에서 가장 슬픈 새는 "그러세" 라고 했다.

사연인 즉 강사의 아버지의 아버지가 "우리 서로 사돈 하세" 하는 말에, 어머니의 아버지가 "그러세"라고 대답하여 어머니가 아버지에게 시집오게 되었다는 것이다.

위의 시 속에서 울고 있는 산비둘기도 그 아버지의 "그러세" 라는 대답 때문에 남편 될 사람에 대해 아무것도 모르고, 아버지의 명령대로 다소곳 고개 숙이고 시집을 갔으리라. 그래서 이리 저리 치이고 부대끼며 "지워지지 않는 깊은 상처"를 입으며 평생을 힘들고 어려운 삶을 살았던 것일까. 어둠이 숲에서 미처 빠져나가지 못하고 "희미하게 구불거리는 아침"이거나, 하늘이 저녁 굶은 시어미처럼 찌푸려 낮게 내려앉은 한낮이거나, 서산 너머로 보랏빛 노을 번져가는 저녁 무렵이면, 목 놓아 울지도 못하고 눈물은 꺽꺽 목으로 삼키며 자신의 상처는 뒷전인 채로 바람 잘 날 없는 자식들 품어 안느라 목메었으리라. "어둠 틈 타 몰래" 보따리를 싸기도 했지만 눈에 밟히는 새끼들 걱정에 차마 떠나지도 못했으리라.

그래도 "우리 어머니처럼"이라고 노래하며 그 상처를 보듬어

주는 자식이 있는 "산비둘기"는 행복하다. 그보다는 더 많은 아들딸들이 어머니의 삶에 드리워진 매듭보다는 자기 앞가림이 더 급해서 오늘도 늙은 어머니 가슴에 새로운 상처를 덧보태고 있지나 않는지……

• • •

이상호

간고등어

우리 엄마 장보따리 속에는
어김없이 간고등어가 들어 있었다
5일마다
우리 집으로 팔려오던
등이 시퍼런 바다
한 손

절고 절어
이제는 비린내도 안 나는
우리 어머니
등 시린 삶
한 접시

생각난다

어머니! 사랑합니다

어느 해 받은 반가운 시집의 장보따리 속에서 뜬금없이 간고등어 한 마리가 튀어나왔다. 아니, "등이 시퍼런 바다"가 튀어나왔다.

나는 갑자기, 대밭 뒤로 끝도 없이 꼬불꼬불 펼쳐진 장고갯길로(어린 나에게 그것은 얼마나 먼 길이었던가!) 장보따리를 들고 총총걸음으로 돌아오시는 엄마를 기다리는 어스름녘의 꼬마아이로 되돌아갔다.

치맛자락을 잡으면 언제나 짭조롬한 간내음이 풍겨오던 엄마의, 온 집안은 물론이고 농사수발로 들녘까지 바쁘게 돌아치던 발걸음이 떠올랐다. 그 넓은 치마폭 안에서 나는 얼마나 걱정없고 철없는 시절을 보냈던가.

우리들의 "한 접시" 밥이 되기 위해 자신의 "삶"을 다 바치고 정작 자신의 것이라고 이름붙일 아무것도 없던, 생명마저도 다 내놓으신 어머니!

당신의 희생과 사랑을 먹고 자라난 이 세상 모든 아들딸들의 마음 속 외침입니다. 어머니! 사랑합니다. 언제나 당신이 그립습니다.

김용오

사부곡 · 19

— 생각나는 것

노란 주둥이를 쫘악 벌리고 짹짹거리는 처마 밑의 제비새끼 같이 긴 세월동안 당신이 물어다 주는 밥과 사랑을 넙죽넙죽 받아먹기만 하고 살아생전에 다들 가는 외국 구경이나 그 흔한 양복 한 벌 새로 맞춰 입혀드리지 못한 채 떠나보내고 말았으니…… 내가 해드린 거라고는 어느 여름날 저녁 무렵 이미 세상을 놓아버려 자식도 알아보지 못하게 된 당신을 두 팔로 안아 화장실 양변기에 가만가만 앉혀드린 일 정말 그 하나밖에 생각나는 것이 없으니, 없으니.

우리 모두 불효 개구리인 것을

시인은 어느날 밤 청개구리 울음소리에서 이상한 소리를 듣는다.

"불효 개골 불효 개골 불효 개골 불효 개골"

우리 모두 청개구리처럼 불효개구리 아닌 사람 있을까.

돌아가신 부모님 생각하면 모두가 후회되고 안타까움뿐이지만, 그때뿐, 그렇다고 살아계신 부모님께 더 잘해드리지도 못하는 채로 무엇이 그리 바쁘고 귀중한지 온통 시간과 정성을 엉뚱한 데에만 쏟아 붓고 사는 삶이 오늘도 계속되고 있으니, 생각하면 세상에서 가장 어리석은 것이 인간인 것 같다.

저 잘났다고 독립해서 살아가기 전까지의 그 오랜 날들을, 부모님이 입에 넣어주는 밥과 사랑과 교육 아니었으면 우리가 어찌 살아남아 사람 구실을 하고 살아갈 수 있으랴.

그래도 어쩌랴. 내리사랑이라고, 나 자신이 사람의 도리에 어긋나지 않게 살면서, 자식들 사람 만들어 독립할 때까지 사랑으로 키우고 돌보는 것이 그분들의 은혜에 얼마라도 보답하는 일이라 생각하며 주어진 분수대로의 삶에 충실할 수밖에.

● ● ●

공광규

소주병

술병은 잔에다
자기를 계속 따라주면서
속을 비워간다

빈 병은 아무렇게나 버려져
길거리나
쓰레기장에서 굴러다닌다

바람이 세게 불던 밤 나는
문 밖에서
아버지가 흐느끼는 소리를 들었다

나가보니
마루 끝에 쪼그려 앉은
빈 소주병이었다

껍데기'라 불렸던 우리들의 아버지

예전 어른들은 아버지를 "껍데기"라고 불렀다. 자기를 다 퍼내주고 남은 것은 껍데기뿐인 우리 부모들의 무조건적인 희생이 있었기에 오늘의 내가 있는 것이 아닌가?

자기 속이 비어가는 것은 생각하지 않고 자식의 키가 자신의 머리 위까지 올라오는 것만 기꺼워서 굵어진 자식의 팔을 마냥 만져보고 또 만져보시던 아버지.

아무렇게나 버려져서 길거리나 쓰레기장에 굴러다니며 누군가의 발길에 차이는 수모를 겪어도, 오로지 자식을 위해서라면 그것이 수모인 줄도 모르고 기꺼이 감수하던 우리들의 아버지!

흐느끼는 소리가 혹여 입 밖으로 새어 나갈까봐 입술을 깨물고 참으시던, 기울어진 어깨의 아버지! 너무나 가벼워져서 가슴이 아프던 그 손이라도 만져 보고 싶어서 오늘은 잔디풀 무성한 당신의 산소라도 찾으렵니다.

● ● ●

이혜선

아버지

아버지
어젯 밤 당신 꿈을 꾸었습니다
언제나처럼 한 쪽 어깨가 약간 올라간
지게를 많이 져서 구부정한 등을 기울이고
물끄러미, 할 말 있는 듯 없는 듯 제 얼굴을
건너다보시는 그 눈길 앞에서 저는 그만 목이 메었습니다

옹이 박힌 그 손에 곡괭이를 잡으시고
파고 또 파도 깊이 모를 허방 같은 삶의
밭이랑을 허비시며
우리 오남매 넉넉히 품어 안아 키워 주신 아버지

이제 홀로 고향집에 남아서
날갯짓 배워 다 날아가 버린 빈 둥지 지키시며
'그래, 바쁘지?
내 다아 안다'
보고 싶어도 안으로만 삼키고 먼산바라기 되시는 당신은
세상살이 상처 입은 마음 기대어 울고 싶은

고향집 울타리
땡볕도 천둥도 막아 주는 마을 앞 둥구나무

아버지
이제 저희가 그 둥구나무 될게요
시원한 그늘에 돗자리 펴고 장기 한 판 두시면서
너털웃음 크게 한 번 웃어 보세요
주름살 골골마다 그리움 배어
오늘따라 더욱 보고 싶은 우리 아버지

언제면 기쁨 드릴까

그때는 몰랐다. "삶"이 파고 또 파도 깊이 모를 허방이라는 걸, 아버지 가슴에도 때로는 겨울벌판 가로지르는 바람이 불고 있다는 것을…

언제까지나 마을 앞 둥구나무처럼 꿋꿋이 버티고 서서, 내게 닥치는 어려움을 다 막아주는 튼튼하고 든든한 울타리로만 알았다.

가슴에 불던 바람은커녕 그 손에 박혀 있던 옹이도 보지 못했다.

가족 위해 한 평생 다 바치고 마지막엔 혼자 남아서, 자식들 다 날아간 빈 둥지만 지키며, 자식 마음 불편할까봐 기다림은 안으로 감추고 먼 산만 바라보시는 아버지.

바쁜데 안 와도 된다고, 니 마음 내 다아 안다고…

이제 어깨가 기우뚱, 허리도 굽어지신 아버지, 부모님은 언제나 그 자리에 계실 것이라는 착각 속에 사는 어리석은 우리는 무엇으로 부모님의 울타리가 되고 큰 그늘이 되어 드릴까? 언제면 "바쁘다, 바쁘다" 낚아채는 시간의 그물에서 벗어나 곁에서 든든하게 지켜드리고 기쁨을 드릴 수 있을까?

철이 들었을 때 아버지는 이미 이 세상 어디에도 아니 계신 것을…

● ● ●

권현수

붉은 바다거북의 꿈

내가 바다거북이었던 한 生이 있었네
방금 태어나 미처 다 붉히지 못한
붉은 바다거북이었네
장자는 꿈속에서 나비가 되어 하늘을 날았다는데
나는 보이지 않는 바다가 부르는 소리에 이끌려
험한 모래벌판을 벌벌벌 기어가고 있었네
채 여물지 못한 뱃살이 터지고
짧은 네 다리 뼈마디가 물러 내리고 있었네
가자 가자 어서 가자
저 바다로 어서 가자
부르는 소리는 내 귓가에 난장을 치는데
참수리 수십 마리 하늘을 가리며 나를 노리고 있었네
갈고리 같은 저 발톱보다 당연히 내가 먼저
저 바다를 보아야 하였네
가자 가자 어서 가자
저 바다로 어서 가자
그러나 나는
결국 그 바다를 보지 못하였네

참수리 놈의 발톱이 기어코
내 옆구리를 파고들었기 때문이었네

붉게 핏발 선 내 뱃살이 제법쓰린 날 새벽
꿈이었네.

생生에 대한 질문

붉은 바다거북 암컷은 수 백 킬로미터를 헤엄쳐 자기가 태어난 해변으로 돌아와서 알을 낳는다. 모래를 파고 구덩이를 만들어 약 500개의 알을 낳는데 알에서 부화한 새끼거북들은 본능적으로 바다로 기어간다. 바다까지 기어가는 동안에 달랑게와 갈매기 등 여러 종류의 새들의 밥이 되고, 천 개의 알 중에 한 마리 정도만 어른거북으로 살아남는다고 한다.

방금 태어난 어린 바다거북은 "보이지 않는 바다가 부르는 소리에 이끌려" 험한 벌판을 기어간다. 아직 채 여물지 못한 뱃살이 터지고 다리의 뼈마디가 물러 내리는 아픔을 참고서도 가야만 하는 길이다. 아픔이야 참을 수 있지만 "갈고리 같은" 발톱의 참수리들이 목숨을 노리는 수많은 위험이 도사리고 있는 길이다. 그렇지만 바다의 부르는 소리가 귓가에서 난장을 치고 있기에 목숨을 걸고 가지 않을 수 없는 길이다.

"가자 가자 어서 가자/ 저 바다로 어서 가자"라는 노랫가락은 반야심경般若心經의 진언 "아제아제 바라아제/ 바라승아제 모지사바하"를 연상시킨다.

지혜의 완성을 위해, 어떤 어려움과 위험을 겪으면서도 우리가 꼭 가야하는 "바다", 꼭 가야하는 저 건너 언덕彼岸은 어떤 곳일까? 왜 붉은 바다거북은-우리는- 목숨을 걸고 그곳으로 가기 위해 한 생을 바쳐야 하는 것일까?

• • •

박목월

4월의 노래

목련꽃 그늘 아래서 베르테르의 편질 읽노라.
구름꽃 피는 언덕에서 피리를 부노라.
아아 멀리 떠나와 이름 없는 항구에서 배를 타노라.
돌아온 4월은 생명의 등불을 밝혀든다.
빛나는 꿈의 계절아
눈물어린 무지개 계절아!

목련꽃 그늘 아래서 긴 사연의 편질 쓰노라.
클로버 피는 언덕에서 휘파람 부노라.
아아 멀리 떠나와 깊은 산골 나무 아래서 별을 보노라.
돌아온 4월은 생명의 등불을 밝혀 든다.
빛나는 꿈의 계절아
눈물어린 무지개 계절아!

해마다 오는 4월의 축복

천리향 큰 나뭇가지 사이로 언뜻언뜻 바다가 보이는 음악실에 모여 앉아 목청 높여 "4월의 노래"를 부르던 시절이 있었다. 서로 먼저 가서 바다가 보이는 향기로운 창가에 앉으려고 다투던 하얀 칼라의 아름다운 날이 있었다.

그때 베르테르의 편지는 우리들 마음을 얼마나 설레게 하였던가. 여객선이 지나가며 만들어놓은 하얀 물줄기 따라 이름 없는 먼 항구로 떠나가라고, 설레는 마음은 얼마나 우리들은 흔들었던가.

아무도 아는 이 없는 먼 곳을 떠돌다가 어느 날 문득 깊은 산골 나무 아래 서서 별처럼 빛나는 목련꽃송이를 올려다보며 멀리 있는 그리운 이름을 목청 높여 불러보았지.

나날의 둘레에서 먼지 속에 파묻혀 정신없이 지내다가도, 어디선가 문득 들려오는 이 노래 덕분에 우리는 해마다 새로운 생명의 등불을 밝혀 들 힘을 얻고 빛나는 꿈의 계절을 돌이켜 오늘을 살아가는 힘을 얻는 것이리라.

해마다 돌아오는 4월의 축복이여!

● ● ●

경현수

여름날

감나무 가지에 바람이 내려앉는다
푸득푸득 파란 땡감 혼자 떨어진다

텅 빈 뜰에는 구름 돛단배가 지나갈 뿐

대낮 빈 집에는
전화소리도 누구도 얼씬거리지 않는다
진종일 햇살만 붉다

녹음 사이로 스치는 그림자, 지금도 모를 일
그 시간은
지중해가 파랗게 하늘에 펼치다 스러지는
썸머타임–죠지 거슈인의 흐느끼는 음향이
샛노란 볕살에 나뒹굴고 있다

해가 저문다, 긴 추억도 해 그늘에 숨어버리고
빨간 우체통이 서 있던 자리

멀리 하얗게 비어있다

비어서 더욱 그리운

깊었던 사랑도 눈을 감고 헤어질 수밖에 없는 시간의 그늘을 우리는 비에 젖으며 이겨내어야 한다. 그러나 가끔 "감나무 가지에 바람이 내려앉"는, "진종일 햇살만 붉"은 여름 한낮이면 죠지 거슈인의 흐느끼는 음향에 숨어들어 함께 흐느끼고 싶도록 지금은 떠나고 없는 "추억" 속의 그 사람이 그리워진다. 그리움과 기다림과 사랑과 외로움이, 텅 빈 여름날의 뜰에 "파란 땡감"으로 혼자 떨어진다.

"녹음 사이로 스치는 그림자"에도 가슴이 서늘해지는 시간을 지나 진종일 붉던 해가 저물어 가면 기다림의 귀가 자라나 마침내 스스로 빨간 우체통이 되어 서 있는, "멀리 하얗게 비어 있"는 길이 보인다.

얼마나 많은 그리움의 사연을 그 빨간 우체통은 전해주었던 것이랴. 지금도 길가에 서 있는 우체통을 보면 "그 시간"들이 생각나서 아련한 그리움이 섬광처럼 전신을 훑어내린다. 그러나 그 길은 지금 하얗게 비어 있고 내 뜰도 구름돛단배가 지나가는 텅 빈 바다일 뿐이다.

• • •

김현승

가을의 기도

가을에는
기도하게 하소서
낙엽들이 지는 때를 기다려 내게 주신
겸허한 모국어로 나를 채우소서

가을에는
사랑하게 하소서
오직 한 사람을 택하게 하소서
가장 아름다운 열매를 위하여 이 비옥한
시간을 가꾸게 하소서

가을에는
홀로 있게 하소서
나의 영혼,
굽이치는 바다와
백합의 골짜기를 지나
마른 나뭇가지 위에 다다른 까마귀 같이

절대고독의 성숙한 영혼을 위해

어느새 가을이 저물어간다.

기도하고 싶은 가을, 낯모르는 누군가에게 편지를 쓰고, 오지 않는 발자국에 귀 기울이는 가을, 바바리코트 자락을 날리며 낙엽 우수수 떨어지는 공원길을 홀로 걷고 싶은 계절. 가을과 겨울이 공존하는 11월은 겨울로 가는 다리이다.

봄에 씨 뿌리지 않으면 가을에 거둘 것이 없듯이 봄과 여름을 열심히 달려와 지금쯤 뒤돌아보는 여유를 가져야 하는 명상의 계절. 미당 시인이 노래한 "마약과 같은" 나른하고 현란한 봄과, 질풍노도의 굽이치는 바다와도 같은 여름날의 열정을 안으로 곱게 삭여서 백합의 골짜기를 준비하기 위해 고요히 성숙을 준비하는 결실의 계절.

이제 곧 겨울이 오면, 흰 눈 속에 우뚝 서 있는 마른 나뭇가지 위에 홀로 앉은 까마귀처럼 성숙한 영혼의 절대고독을 위해 저마다의 동굴 속에 내면의 집 하나 지어야 하는 계절.

가을이 저물어가고 있다.

• • •

김종길

설날 아침에

매양 추위 속에
해는 가고 또 오는 거지만

새해는 그런대로 따스하게 맞을 일이다.

얼음장 밑에서도 고기가 숨쉬고
파릇한 미나리 싹이
봄날을 꿈꾸듯

새해는 참고
꿈도 좀 가지고 맞을 일이다.

오늘 아침
따뜻한 한 잔 술과
한 그릇 국을 앞에 하였거든

그것만으로도 푸지고
고마운 것이라 생각하라.

세상은
험난하고 각박하다지만
그러나 세상은 살 만한 곳

한 살 나이를 더한 만큼
좀 더 착하고 슬기로울 것을 생각하라.

아무리 매운 추위 속에
한 해가 가고
또 올지라도

어린 것들 잇몸에 돋아나는
고운 이빨을 보듯

새해는 그렇게 맞을 일이다.

봄날을 꿈꾸는 설레임

설레며 맞이하는 것이 설날이다. 늘 같이 떠오르는 태양이지만 새해에 떠오르는 해는 좀 더 새롭고 힘찬 희망을 가득 싣고 떠오른다. 내일에의 희망이, 새해에의 희망이, 오늘보다는 좀 더 나은 미래가, 그 기대가 우리를 살게 하는 것이리라.

아무리 오늘이 춥고 가난하고 어렵고 힘들어도 우리에겐 언제나 내일이 있다. 찬란한 빛으로 떠오를 내일의 태양이 지평선 저 너머에서 우리들을 기다리고 있다.

가을에 잎을 떨어뜨리는 나무는 그 잎 진자리에 내년 봄에 피울 새 잎의 잎눈을 마련하고 겨울 내내 삭풍과 눈바람 속에서도 새 생명을 키우기 위해 물을 길어 올리고 양분을 저장하느라 여일이 없다.

죽은 듯이 서 있다가도 봄이 되면 곳곳에서 새잎을 피우고 갖가지 모양과 색깔을 자랑하며 꽃을 피우는 나무들을 생각하면서 우리도 이 겨울에 새봄을 준비해야겠다. 어려운 때일수록 희망이 우리를 지켜주고, 가족의 따스한 격려가, 말없이 건네는 눈빛이 우리를 살게 하는 힘이 된다. "어린 것들 잇몸에 돋아나는 고운 이빨"처럼 그 자리에 있어주는 것만으로도 서로가 서로에게 기쁨이 되고 힘이 되는 설날아침이다.

이혜선李惠仙 시인은 동국대학교 국문학과와 세종대학교 대학원을 졸업(문학박사)했으며, 1980년~1981년 월간『시문학』2회 추천으로 등단했다.
시집으로는『神 한 마리』,『나보다 더 나를 잘 아시는 이』,『바람 한 분 만나시거든』,『새소리 택배』,『운문호일雲門好日』이 있다. 이밖의 저서로는『문학과 꿈의 변용』,『이혜선의 명시 산책』,『New Sprouts within You』(영역시집(공저)),『이혜선의 시가 있는 저녁』등이 있다.
윤동주문학상, 한국 현대시인상, 동국문학상, 문학비평가협회상(평론), 한국시문학상 등을 수상하고, '세종도서 문학나눔'에 선정되었다.
동국대 외래교수, 세종대, 대림대, 신구대 강사, 한국현대시인협회 부이사장, 한국시문학문인회 회장을 역임했고, 현재 한국문인협회 부이사장, 동국문학인회 회장, 국제 PEN한국본부 이사, 한국시인협회, 문학의 집 · 서울 회원 등으로 활동하고 있다.

이혜선의 시가 있는 저녁

발 행 2019년 5월 17일
지은이 이혜선
펴낸이 반송림
편집디자인 김지호
펴낸곳 도서출판 지혜 • 계간시전문지 애지
기획위원 반경환 이형권 황정산
주 소 34624 대전광역시 동구 태전로 57, 2층 도서출판 지혜 (삼성동)
전 화 042-625-1140
팩 스 042-627-1140
전자우편 ejisarang@hanmail.net
애지카페 cafe.daum.net/ejiliterature

ISBN : 979-11-5728-354-5 03810
값 12,000원